보통아이들의 별난 고향이야기

뻴이난다

글　염하룡, 김원일, 이억철, 한진범, 황철진, 강군성, 주철광, 김태훈

그림　염하룡, 김원일, 김태훈

도서출판 우리들의 이야기

보통아이들의 별난 고향이야기
별이 난다

초판 1쇄 발행 2014년 12월 3일
초판 2쇄 발행 2014년 12월 24일

지은이 · 염하룡, 김원일, 이억철, 한진범, 황철진, 강군성, 주철광, 김태훈
그린이 · 염하룡, 김원일, 김태훈

펴낸이 · 김태훈

편집 · 정미현
디자인 · 박정선 hellojungsun.wix.com/wellcome
표지그림 · 염하룡
사진 · 한진범

펴낸곳 · 도서출판 우리들의 이야기
등록번호 · 제307-2014-7호
주소 · 서울시 성북구 북악산로1다길 7 (정릉동)
전화 · 02-911-7817
팩스 · 02-943-7817
홈페이지 · www.g-story.or.kr
이메일 · petibank@hanmail.net

ISBN 979-11-953959-0-3 43810
값 12,000원

이 책을 읽는 분들께

"아, 밸이 난다!"

아침이면 주영이는 일어나기 싫다며 이렇게 투정을 부립니다.
초등학생 형들도 덩달아 일어나기 싫다고 이불 속에서 몸을
비틀어 댑니다. 아침마다 시작되는 전쟁이지만 저는 투정 부리는
아이들이 좋습니다. 고등학생 형들부터 중학생, 초등학생들까지
모두 등교하고 나면 산더미처럼 쌓인 수건과 빨랫거리들이
저를 기다리고 있습니다. 아이들이 뒤집어 벗어 놓은 냄새나는
양말, 주머니 속에 휴지가 들어 있는 바지, 잠깐 입다 벗어
놓은 옷. 세탁기 두 대와 건조대 다섯 개가 언제나 풀 가동 중인
저희 집입니다. 그래서 손님이 오시는 날이면 빨래 숨겨 놓기
바쁘답니다. 빨래며 집 안 청소는 사실 별것 아닙니다. 제가 가장
힘들어하는 것은 장보기입니다. 뭘 먹여야 할지도 고민이지만
한번 장 보러 갈 때마다 카트 한가득 실리는 음식들을 박스로
포장해 차에 싣고, 집에 와 내리고, 포장을 뜯고, 냉장고에
정리하고, 야채는 다듬고, 요리까지 마치고 나면 하루의 반이 훌쩍
지나갑니다.

3

주변 분들은 나중에 아이들이 독립하게 되면 해야 할 일들이니까 저 혼자 다하지 말고 지금부터 스스로 하는 버릇을 들이라고 하십니다. 우리 아이들도 집안일을 잘 도와줍니다. 하지만 이런 일들을 아이들에게 맡기고 싶지는 않습니다. 제가 할 때 도와주는 것만으로 충분합니다. 저는 '집안일을 못하면 독립을 못한다'고 생각하지 않습니다. 어려서 충분한 보살핌과 사랑을 받고 자란 아이들이 독립을 한 뒤에도 외로움 없이 홀로서기를 잘할 수 있다고 생각합니다. 그래서 저는 우리 아이들에게 여느 아이들과 다르지 않은 환경을 만들어 주려고 합니다. '북한에서 왔기 때문에', '어렵고 힘들게 살았기 때문에'라는 과거를 보는 관점이 아닌, 지금 바로 여기에서 충분한 사랑과 보살핌을 받고 자란다면 가슴의 상처도, 아픈 과거도 자연스럽게 치유되고 극복할 수 있다고 생각합니다. 집 안에서 들리는 청소기 소리, 도마 위에서 칼질하는 소리, 보글보글 찌개 끓는 소리, 맛있는 음식 냄새, 포근한 이불, 집 안이 떠나갈 듯 웃는 소리, 거기에 양념처럼 가끔(?) 더해지는 잔소리까지, 이 모든 것들을 충분히 나눠 주려고 합니다. 저도 이렇게 사랑받으며 자랐으니까요!

이 책을 펼쳐 든 모든 분들께 드리고 싶은 말씀은 단 하나입니다.
'다르다'는 '틀리다'가 아니라는 것. 다양한 경험 혹은 아픈 경험을
한 친구들로, 우리 이웃, 우리 가족으로 바라봐 주셨으면 하는
것입니다. 저는 우리 아이들을 '북한 아이들이니까'라는 마음으로
대한 적이 없습니다. 그저 부모님이 제게 해 주신 그대로를
좇았을 뿐입니다. 기실 그게 제가 아는 유일한 가정환경이기도
하고요. 그렇게 살다 보니 어느 순간 우리 아이들 심성이 참
밝고 건강하구나 하는 걸 느끼게 됐습니다. 종종 아이들이 제게
묻습니다.

"삼촌, 난 북한사람이야, 한국사람이야?"

"음…, 넌 고향이 북한인 우리 대한민국 국민이야!"

2014년 찬 바람 부는 어느 날에
총각엄마 김태훈

차례

이 책을 읽는 분들께

뻘이나 가족

글. 주철광

사진. 한진범 / 그림. 김태훈

밸이나 가족

정주영

나는 오늘도 주영이의 "밸이 난다!" 소리를
알람 삼아 잠에서 깼다.
주영이는 우리 집 막내이다. 초등학교 1학년인
주영이는 눈 뜨자마자 무슨 밸이 날 일이 그렇게
많은지 매일 아침 그 소리다.

"삼촌이 나를 깨워서 밸이 난다!"
"주영이가 밸이 나서 삼촌이 밸이 나제!"

어느새 메아리처럼 형들 입에서도 '밸이 난다' 소리가 이어져
아침마다 온 집이 시끌벅적하다. 그 시작은 항상 주영이다.

막내 주영이는 짱구를 닮았다. 보는 사람들마다 다 그렇게 말한다.
권이네 반 학생들도 주영이를 보고 짱구 같다고 했고,
지난번에 태권도장에서 오션월드에 갔을 때
사범님도 주영이 보고 짱구를 닮았다고 했다.

올해 초 주영이가 우리 집에 왔을 때 주영이가 너무 귀찮았다.

뭐든 내가 하는 건 다 따라하려고 하고,

말까지 따라했기 때문이다.

내가 2층으로 올라가면 따라 올라오고,

또 내려가면 따라 내려오고 계속 따라다녔다.

그런데 지금은 많이 착해졌다.

시끌벅적 시끄러운 틈 속에서 나는 혼자 씻고,

옷을 입고, 학교 갈 준비를 한다.

오늘 아침은 삼촌한테 혼나지 않고 학교에 갔으면 좋겠다.

삼촌이 나만 보면 하는 말이 있다. 밥을 많이 먹으라고 한다.

왜냐하면 내가 키가 작기 때문이다. 삼촌이 나한테 왜 자꾸

그런 말을 하는지 알고는 있지만 그래도 계속 그 말을 하니까

기분이 좋지 않을 때가 있다.

목구멍으로 밥이 안 넘어갈 때는

삼촌이 그 얘기를 안 했으면 좋겠다.

이런 생각을 하고 있는데

멀리서 삼촌 목소리가 들렸다.

김태훈

"주철광! 밥 안 씹고 뭐하니?"

오늘은 그래도 내가 좋아하는 햄 반찬이 있어서

밥을 꽤 많이 먹었다.

태권도 학원 차가 왔다는 전화를 받고 부랴부랴 밖으로 나갔다.

우리는 아침이면 태권도 학원 차를 타고 학교로 간다.

우리 집에는 정수초등학교로 가는 학생이 세 명이 있다.

나랑 막내 주영이 그리고 박권이다.

박·권

권이는 우리 집에 온 지 다섯 달밖에 안 됐다.

나랑 동갑인데 권이는 나보다 한 학년 위인

6학년으로 다니고 있다.

'또래 친구가 집에 오면 어떨까?'

걱정이 되기도 했는데 권이가 와서 좋다.

주영이를 놀려 줄 때 쿵짝이 잘 맞는다.

그래서 주영이가 울 때도 있어서 미안하기도 하다.

권이는 북한에 있을 때 학교를 다녀서 웬만한 건 다 알고 있다.

과학자가 되는 게 꿈이라고 하는데

아는 게 많으니까 될 수도 있을 것 같다.

권이가 똑똑하긴 하지만 조금 상황 파악을 못하는 것 같기도 하다.

'눈치가 없다고 해야 하나?'

예를 들면 삼촌이 늦었다고 불 끄고 자라고 할 때 꼭 책을 본다고
하다가 혼이 난다.

나는 학교에 가면 책을 많이 본다.
매일매일 도서관에 가니까
도서관 선생님도 내 얼굴을 안다.
작년에는 학원에 안 다녀서 책을 정말 많이 읽었다.
4학년 2학기에만 100권 넘게 도서관에서
책을 빌려 읽었다.
그런데 지금은 태권도 학원도 가고,
바이올린도 배우러 다니기 때문에 책 읽을 시간이 부족하다.
길을 걸으며 책을 읽다가 전봇대에 부딪힐 뻔한 후로 길에서는
책을 안 읽기 때문에 더욱 책 읽을 시간이 줄어들었다.

나는 내 물건만 잘 챙겨서 이기적이라는 말을 듣는데
얼마 전 도서관에서 빌린 '맹꽁이서당 13권'을 잃어버려서 진땀을
뺐다.
우리 집에서는 자기 물건 관리를 잘해야 한다.

식구만 열한 명이다 보니 물건이 섞이기도 하고 서로
헷갈리기도 하기 때문이다.
2층에 있는 책방 책꽂이를 다 뒤졌는데도
책을 찾지 못해 결국 새 책을 사서 학교에 갖다 바쳤다.

태권도랑 바이올린 학원을 다녀오면
고등학교에 다니는 형들이 집에 와 있다.

하룡이 형은 우리 집에서 삼촌 다음으로 무서운 형이다.
하룡이 형은 봉사활동을 좋아해서
어려운 사람들을 많이 도와준다.
재개발 되는 마을의 벽화도 형이 다시
그려서 아름답게 만들었다고 한다.
그런데 왜 우리한테는 무섭게 할까?
그래도 착할 땐 착하다.
나랑 권이가 주영이랑 잘 안 놀아 주고
놀리는 걸 하룡이 형이 봤다가는,
 아… 상상도 하기 싫다.

그리고 원일이 형은 내가 우리 집에 처음 왔을 때

제일 좋아했던 형이다.

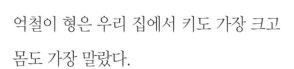

김원일

지금은 제일 좋은지 어떤지
잘은 모르겠지만 우리 집 초등학생들이
다 좋아하긴 한다.
그 이유는… 잘 모르겠지만
착하기 때문인 것 같다.
원일이 형은 우리 집에서 컴퓨터 게임을
제일 잘하고, 웹툰을 좋아한다.
그래서 그림도 잘 그리는 모양이다.

이억철

억철이 형은 우리 집에서 키도 가장 크고
몸도 가장 말랐다.
다른 형들이 그러는데 억철이 형은 생일이
11월 11일이라서 살이 안 찌는 거라고 했다.
내 생일은 8월 1일이라서 다행이다.
억철이 형은 삼촌 일을 많이 도와준다.
세탁기 돌리는 일도, 설거지하는 것도
삼촌 다음으로 많이 한다.
가끔은 우리 초등학생들을 혼내기도 하지만
대부분 착하다.

우리 집에는 고등학생 형이 네 명
있는데, 그중 막내가 진범이 형이다.
진범이 형은 중학교 다닐 때
전교학생회장이었다.
우리 형들 중 전교학생회장이 있다니
대단해 보였다.
하지만 난 그런 걸 하고 싶지는 않다.
사실 진범이 형에 대해서는 할 말이 별로 없다.
형이랑 집에서 마주치고 이야기를 나눌 일이 별로 없기 때문이다.
왜 진범이 형에 대해서 아무런 할 말이 없는지는
조금 더 생각해 봐야겠다.

나랑 권이랑 주영이가 씻고 잘 준비를 할 즈음이면
중학생 형들이 공부방에서 공부를 하고 돌아온다.

중학교 3학년인 철진이 형은
내가 우리 집에 오기 전에는 막내였다고 한다.
그런데 아무리 봐도 막내처럼 귀엽지는 않다.
내가 4학년 때 형한테 종합장에 나무를 그려달라고 했더니
소나무를 그려 줬다.

별로 생각도 하지 않고 뚝딱 그려 줬는데 정말 멋있었다.
반 친구들도 잘 그렸다고 했고, 내가
보기에도 근사했다. 그런데 이제는
그려달라고 해도 안 그려 줄 것 같다.
공부방에서 집에 돌아오면 철진이 형은
무척 바쁘기 때문이다. 먼저 밥을
엄청 많이 먹는다. 나는 형이 먹는 만큼
밥을 먹으면 다 토해버릴지도 모른다. 그러고는
2층으로 올라가 게임을 하거나 컴퓨터로 드라마를 본다.

군성이 형도 중학교 3학년이다.
군성이 형은 우리 집에 온 지 1년도
안 됐는데, 바로 중3이 되어서
공부를 따라가는 것이 많이
힘들다고 한다.
군성이 형은 아직 사투리를 많이 쓰고
굉장히 장난꾸러기이다.
우리랑 게임을 할 때
"털어 주겠다!"라고 하지만 우리가
이기면 "쓰레기"라고 말한다.

한 번씩은 장난으로 간지럼을 태우는데 힘이 너무 세서

이건 간지러운 것이 아니라 온몸이 쑤시듯 아프다.

그리고 형은 피부가 검은 편이어서

다른 형들이 밤만 되면 얼굴이 안 보인다고 한다.

"왜 이렇게 피부가 검으냐?"고 물어보니까

축구를 많이 해서 그렇다고 했다.

아, 그리고 얼마 전 우리 집에 원혁이 형이 돌아왔다.

원래 우리 집에서 살았는데 고등학교를 졸업하고

김원혁

잠깐 대구에서 일을 했다.

그러다가 다시 집으로 왔다.

매일 아침이면 우리 초등학생들과

같이 학교에 갈 준비를 한다.

원혁이 형은 집으로 돌아와

한옥 학교에 다니고 있다.

우리는 학교에서 급식을 먹는데

원혁이 형은 거기에서 급식을 안 주는지

삼촌이 아침마다 형 도시락을 싸느라 고생을 한다.

원혁이 형은 말투가 재미있다.

한국에 온 지 꽤 됐다고 하는데 아직도 사투리를 쓴다.

그러고 보니 다른 곳에서는 사투리를 잘 안 쓰는데
우리랑 말할 때만 사투리를 많이 쓰는 것 같다.
그리고 딱 봐도 북한사람처럼 생겼다.
원일이 형의 친형이기도 한데, 얼굴도 성격도 전혀 딴판이다.

우리 초등학생 삼인방이 방에서 잠이 들어갈 때도 형들은 바쁘다.
형들의 웃음소리, 이야기 소리를 자장가 삼아 누워
진범이 형에 대해 생각했다.
진범이 형이 북한에 있을 때
남동생이 형을 굉장히 괴롭혔던 모양이다.
그 남동생이 나랑 닮았다고 한다.
'그래서 진범이 형이 나를 미워하나?'라고 생각한 적이 있었는데,
제주도에 우리 식구들이 다 같이 놀러갔을 때
진범이 형이 내 롤링페이퍼에 '앞으로 잘 놀아 주겠다.'고 썼다.

'그 의미는 무엇일까?'

어쨌든 진범이 형은 아까 내가 인사를 하니까
차가워진 손을 내 옷 속에 넣고 간지럽혔다.

아직도 그 차가운 기운이 남아 있는 것 같다.

'으흐흐….'

그렇게 시작은 되고

글. 김태훈
그림. 김태훈, 염하롱

그렇게 시작은 되고

2006년 5월, 하나원을 퇴소한 아주머니 한 분을 만나기 위해
양천구에 위치한 임대아파트로 찾아갔다. 새로운 사람을 만날
때면 으레 그렇듯 가는 내내 설렘으로 두근거린다.

'아주머니와 뭘 할까?', '무슨 이야기를 나눌까?' 이런저런 상상을
하며 어느덧 현관 입구에 도착했다.

'띵동'

초인종을 누르고 문이 열리기를 기다리는데, 어찌된 일인지
얼굴을 내미는 사람은 아주머니가 아니라 꼬마 아이였다. 새까만
얼굴에 두려움 가득한 경계의 눈빛으로 고개만 빼꼼 내밀고는
나를 멀뚱히 바라보았다.

"안녕! 나는 하나원에서 너희 엄마를 만났었고, 오늘 엄마를 또
 만나러 왔단다."

내가 누군지, 어떻게 오게 되었는지, 대충 설명하고 난 후에야
아이는 조금 안심이 된다는 듯 문을 열어 주었다.

집 안은 하나원을 퇴소하고 나온 여느 사람들의 집과 별반 다를
바 없었다. 살림이라고는 가스레인지, 소형 냉장고, 빨래건조대에
인근 주민이 버린 텔레비전을 주워온 것이 전부였다. 그리고
아이와 먼 친척관계라는 조선족 할머니 한 분이 집에 계셨다.

"나는 애들이 중국에서 숨어 있을 때 도와준 친척인데, 애들이
 한국에 왔다기에 나도 돈 벌려고 왔어요. 그런데 일자리가
 없어요. 나이도 많아서 일자리 찾기가 힘들고 해서 다시 중국으로
 돌아갈 거예요."

"어! 그럼 저 아이는요?"

"지 엄마가 일하러 지방에 내려갔는데 일주일에 한 번은
 올라온다고 하네."

순간, 할머니께서 중국으로 가시면 저 아이는 어떻게 될까 싶은
생각에 아이를 돌아보았다. 허름해 보이는 옷차림과 촌스러운

헤어스타일, 어두운 피부와 그늘진 표정은 그 또래 아이들에게
있기 마련인 해맑은 건강함과는 거리가 멀었다. 아이에게
학교생활에 대해 묻자 아이는 기다렸다는 듯 투정 섞인 불만을
털어놓았다.

"아이들이 밀치고 도망가고 화장실에서 오줌을 누면 물을 뿌리고
 도망가요!"

"아이들과 싸우면 선생님은 전학 오자마자 말썽 부린다고
 혼내시고, 아무도 제 말을 안 들어요! 북한 동무들은 나를 따르고
 내가 소년단 단장이었는데…."

"아이들이 나 때문에 전쟁이 났대요."
"선생님이 무슨 말하는지 알아들을 수가 없어요!"

그럴 만도 한 것이, 촌스러운 옷에 어리숙한 표정에 게다가 북한
사투리까지 쓰고 있으니, 어린아이들 눈에는 어딘가 이상해
보였을 테고, '왕따'시키기에는 더없이 좋은 '조건'이었을 것이다.
아이의 불만은 끝이 없었다. 듣고 있자니 나 역시 조금씩 화가
나기 시작했다. 아이들은 그렇다 치더라도, 학교 측에서 '북에서 온

아이들에 대한 배려를 조금도 하지 않는구나.' 하는 생각이 들었기 때문이다.

'반 아이들에게 북에서 온 사람들이 어떠한지, 우리가 그들과 어떻게 어울려야 하는지에 대한 교육을 사전에 조금이라도 했더라면 과연 이 아이가 그 정도로 놀림거리가 되었을까?'

'혹시 선생님도 이 아이에게 무관심하고, 알게 모르게 이 아이를 배제시켜 버렸던 것은 아닐까?'

머릿속으로 많은 생각들이 스쳐갔다. 적어도 선생님한테 사랑받는 아이였다면 반 친구들 사이에서 왕따를 당하는 일은 없었을지도 모른다. 이런저런 생각을 하니까 화가 머리끝까지 솟구쳤다. 게다가 이제 고작 초등학교 저학년인 아이들 사이에서 "너 때문에 전쟁이 일어났다."느니 하는 말이 오간다는 것은 나로선 믿을 수가 없었다. 초등학교 아이들이 그런 생각을 가지고 있다는 건 전적으로 우리 어른들과 사회의 책임이지 않은가. 그렇게 아이와 이런저런 이야기를 나누면서 내 마음은 한없이 무겁고 답답해졌다.
어쨌든 조선족 할머니께서 가시면 다시 만나기로 약속을 하고 그날은 함께 저녁을 먹고 헤어졌다.

나는 다시 일상으로 돌아와 바쁜 나날을 보냈고 시간은 흘러
어느덧 보름이 훌쩍 지나갔을 무렵, 불현듯 그 아이가 떠올랐다.

'친척 할머니도 중국으로 가셨을 테고, 그 아이는 어떻게 지내고
있을까?'

아이와의 약속을 잊어버리고 지낸 것을 반성하며 만사 제쳐두고
아이에게 달려갔다. 가는 내내 아이 혼자 아무 일 없이 잘
지냈기를 바라며 집 앞에 도착했다. 그런데 초인종을 눌러도
인기척이 없다.

'혹시나' 하는 마음으로 현관문을 열어 보았다. 현관문은 다행히
열려 있었는데, 텔레비전에서 나오는 불빛과 소리만이 좁고
어두운 집 안을 채우고 있었다. 조용히 방 안으로 들어가 보니
아이는 가방을 벗어 놓은 채 누워 있었다. 텔레비전을 보다가 잠든
모양이다. 할머니는 중국으로 가시고, 아이는 혼자 그렇게 지내고
있었던 것이다. 자고 있는 아이를 보는 순간 코끝이 찡해지면서
눈물이 핑 돌았다. 지난번에 만났을 때 아이에게 들었던

이야기들이 영상처럼 떠오르는 가운데, 힘들고 지친 몸으로 누워 있는 아이의 모습은 내 마음을 한없이 아프게 했다. 나는 아이가 깰까 싶어 조심스럽게 집 안을 둘러보았다.

우리 부모님께서는 여자는 시집가면 하기 싫어도 해야 하는 게 살림이라며 여동생보다 아들인 나에게 항상 집안일을 시켰기 때문에 나는 요리, 빨래, 청소 등 웬만한 살림에는 자신 있었다.

전기밥솥을 열어보니 언제 했는지 딱딱하게 굳은 밥알뿐이고, 냉장고 속 반찬들은 뚜껑을 덮지 않아 말라 비틀어져 있었다. 이 아이가 그동안 뭘 먹으며, 어떻게 생활했는지 도무지 상상이 가질 않았다.

음식물과 냉장고를 정리한 후 설거지를 할 때에서야, 방에서 자던 아이가 깨어났다. 부스스한 얼굴에는 반가움과 어리둥절함이 가득했다.

"형, 언제 왔어요?"

"아까 와서 청소랑 밥이랑 다 해 놨는데

세상 모르고 자길래 안 깨웠어!"

"네…."

"너 이름이 뭐랬지?"

"하룡이요."

하룡이도 곁에서 설거지랑 청소를 돕기 시작했다. 딴에는
미안했던 모양이다. 그렇게 함께 집 안 청소를 하고 저녁을
먹은 뒤, 처음 만났을 때 하지 못했던 많은 이야기를 나누었다.

북한에서의 생활이며, 이곳에 오기까지의 과정, 가족들
이야기까지. 묻지도 않았는데 하룡이는 이런저런 이야기들을 술술
풀어냈다. 매일 집에서 혼자 외롭게 지내다 누군가 옆에 있다는
사실에 신이 난 듯 아이는 시간이 가는 줄도 모르고 말하고 웃고
장난쳤다.

"형! 오늘 자고 가면 안 돼요?"

"그래! 같이 자자!"

"잠시만, 형 집에 전화 좀 하고."

이때만 해도 "하루만 자고 내일 갈게요."라고 했던 엄마와의
통화가 마지막이 될 줄은 알지 못했다.

우리는 그날 밤, 나란히 누워 정말 많은 이야기를 나누고 장난도
치며 밤을 지새웠다. 지금 생각해 보면 따뜻하고 행복했던
시간이었다.

다음날 아침, 조금은 이른 시간이었지만 아침을 먹여 학교를
보내고 싶은 마음에 밥을 지어 놓고 하룡이를 깨웠다. 그런데
잠에서 깬 하룡이 표정이 어제와 달리 좀 굳어 있는 듯했다.
잠이 덜 깨 그런가 싶었는데 아침을 먹는 내내 아무 말이 없었다.
그러다 학교에 가려고 집을 나서기 전 어렵게 입을 뗐다.

"형, 이제 가는 거죠?"
"어?"

"형, 갈 거죠?"

아마도 내가 돌아간 뒤 또다시 혼자 지내게 될 것이 내심
걱정되었던 모양이다. 순간 나도 모르게 입에서 생각지도 못했던
말이 튀어나왔다.

"왜? 가지 말까? 같이 살까?"

"네!"

"그래, 집에 가서 옷 챙겨올 테니 걱정 말고 학교 다녀와."

"네, 학교 다녀오겠습니다."

하룡이는 그제야 활짝 웃어 보이며 집을 나섰다. 그나저나 내가
한 말에 어떻게 책임을 져야 할지, 일이 벌어지고 나서야 고민이
되기 시작했다. 하루는 몰라도 며칠씩 집을 나와 지내는 일은 결코
쉽지 않은 일이었고, 또 그 며칠에는 언제까지라는 기약도 없었기
때문이다. 이 모든 걸 부모님께 어떻게 설명해야 할지 아득해졌다.

'그러게 왜 그런 말을 해 가지고!'

하룡이를 학교에 보내고 그렇게 고민에 빠져 있다 보니 끝이
없었다. 우선 당분간은 하룡이와 함께 지내는 게 최선의 답이라는
생각이 들었다.

나는 뒤에 벌어질 일보다 당장 눈앞의 일을 중요하게 여기는
사람이라 뒷일은 생각하고 싶지 않았다. 부모님께는 어떻게
말씀을 드려야 할지 몰라 아무도 없는 시간에 집에 들러 옷가지를
챙겨 다시 하룡이에게 돌아왔다.

이렇게 다소 충동적으로 결정된 하룡이와의 동거가 9년이 지난
지금까지 이어질 거라고는 상상도 못했다. 하룡이와 나, 우리의
인연은 이렇게 시작되었다.

돌격대마을
천대꾸러기

글. 한진범

그림. 김태훈

돌격대마을 천대꾸러기

진범이는 두 동생을 학교에 보내고 개구리를 잡으러 집을 나섰다.

"큰아버지 개구리 잡아올게요."

"빨리 들어와!"

진범이가 어디 나갈 때면 큰아버지는 늘 그렇게 말씀하신다. 앞이 안 보이게 된 후로 큰아버지는 남들보다 예민해졌다. 그래서 늘 새벽 4시, 5시쯤 눈을 뜨곤 하지만 하루 종일 집에만 있으면서도 잠을 잘 이루지 못하신다. 아침이면 진범이를 부르며 빨리 일어나라고 하는 것이 큰아버지의 하루 일과였다. 가끔은 집에만 있는 큰아버지가 부럽기도 하다. 하지만 실은 불쌍할 때가 더 많다. 큰아버지가 할 수 있는 일이라곤 365일, 24시간 늘 방구석에 앉아 있거나 누워 있는 것뿐이기 때문이다.

그런 큰아버지를 대신해 진범이가 식구들을 먹여 살렸다. 큰아버지는 진범이 엄마와 재혼한 사람이다. 그리고 엄마는 재혼해서 두 동생, 광문이와 현경이를 낳았다.
큰아버지는 광문이와 현경이에게는 친아버지이지만,
진범이에게는 친아버지가 아니기에 '아버지'라고 부르지 못하게
했다.

그래서 진범이는 그를 '큰아버지'라고 불렀다.

진범이는 아직도 여섯 살 무렵의 기억이 생생하다. 온 식구가
모였을 때였다. 엄마는 누워서 알아듣지 못할 노래를 흥얼거리고
있었고, 큰아버지는 재떨이에 담배를 썰고 있었다. 그리고 그 옆엔
광문이와 현경이가 놀고 있고, 집에는 큰아버지의 오랜 친구들과
할머니, 이모까지 모두 있었다.

"엄마, 나는 왜 큰아버지를 아빠라고 부르면 안 돼?"

진범이의 물음에 엄마는 아무런 답을 하지 않았고, 애꿎은
큰아버지 친구가 '아빠'라고 불러 보라고 진범이를 부추겼다.
생각 없이 "아빠"라고 말했던 진범이는 이후 큰아버지의 행동을
잊을 수 없었다. 진범이를 죽일 듯이 잡아 때리는 큰아버지 때문에
집 안 분위기는 엉망이 되었고, 진범이는 혼자 밖으로 나와 굴뚝

옆으로 조금씩 새어나오는 연기를 바라보며 하염없이 흐르는 눈물을 훔쳤다.

아버지라고 부를 수 없는 큰아버지였지만 엄마가 늘 집을 떠나 있었기 때문에 그를 돌볼 수 있는 사람은 진범이뿐이었다.

여느 때처럼 이웃집 꼬맹이들을 모아 개울가에 가려고 목소리 높여 아이들의 이름을 부르는 순간, 찬 물벼락이 떨어졌다. 봄이 왔다고는 하지만 아직은 한기가 도는 날씨 탓에 몸이 오들오들 떨렸다. 놀라 동그래진 눈으로 고개를 들어 보니 이웃집 아주머니가 성난 눈으로 또 물 한 바가지를 들고 진범이에게 성큼성큼 다가오고 있었다.

"왜 그러세요!"

"애들 끌고 나갔으면 잘 데리고 와야지. 산속에 버리고 와서 애 꼴을 저렇게 만들어?"

촤악!

물 한 바가지를 또 맞고 나서야 정신이 번쩍 들었다. 진범이는
또래 친구들이 없었다. 학교에 다녀야 할 나이에 학교는 가지
못하고 행색조차 남루한 진범이를 또래 아이들은 아예 무시했다.
그나마 동네 꼬맹이들이랑 어울려 지냈는데, 진범이보다 훨씬
어린아이들 중에도 진범이를 "바보!"라며 놀리는 아이가 있었다.
어제 산에 갔다가 그 아이가 얄미워서 안 보이는 것을 나 몰라라
했는데, 밤새 산속에서 혼자 떨었던 모양이다. 변명할 틈도 없이
물벼락을 피해 도망가고 있는데, 하필 그때 학교에 가던 동네 또래
친구들과 맞닥뜨렸다.

'이런 꼴로 만날 게 뭐람.'

그 아이들이 부러운 것은 아니었지만, 말끔한 옷을 차려입고
학교에 가는 친구들과 누더기 같은 옷을 입고 있는 자신이
비교될까봐 줄곧 피해 다닌 터였다. 그런데 하필 물에 젖은 생쥐
꼴을 하고 있을 때 만나고 만 것이다. 진범이는 자신을 보고
웃으며 지나가는 친구들을 뒤로 하고 죽을 힘을 다해 달렸다.

아침부터 운이 더럽게 없더니 개구리들마저 진범이를 약
올리는 듯 요리조리 빠져나갔다. 진범이는 개구리를 잡아 중국

상인들에게 팔아 돈을 벌었다. 보통 1,500원에서 2,000원 정도 쳐
주지만 운이 좋으면 3,000원까지도 받을 수 있었다. 중국 상인들이
비싸게 쳐 주는 암개구리를 잡기 위해 진범이는 안간힘을 썼다.
강 속 돌멩이를 들어 보면 그 밑에 개구리가 웅크리고 있는데,
돌을 들자마자 빨리 잡는 것이 관건이다. 그렇지 않으면 개구리가
도망을 간다. 개구리 잡이로 돈을 잘 벌어서 '돈덩이'라는 별명이
붙은 진범이의 평소 실력대로라면 놓칠 리 없는 개구리들이
오늘은 진범이 손보다 빨리 움직였다. 찬물에 오래 있다 보니
감각이 사라진 손과 발은 오늘따라 더욱 무디게 느껴져 애타는
진범이를 속상하게 했다. 결국 진범이는 얼음바닥에 주저앉아
참고 참았던 울음을 터뜨렸다.

집으로 돌아오는 진범이의 발걸음은 무겁기만 했다. 여름이나
가을 같으면 아무거나 훔쳐서라도 갈 텐데 아직 추위가 가시지
않은 초봄이라 주위에는 아무것도 없었다.

'감자랑 보리쌀을 좀 사가야 하는데….'

배고프고 힘들어도 돈 잘 벌어서 식구들 먹여 살리다 보면
'아, 이제까지 내가 한 게 있긴 하구나.' 하는 생각에 배도 안
고팠었는데, '돈덩이' 체면이 말이 아니다. 그래도 동생들 오면
소금 반찬이 전부인 밥상이라도 차려 줘야 하기에 발걸음을
재촉했다.

아이들이 학교에서 돌아오기 전까지는 온 마을이 조용하다. 언제
물벼락을 맞고, 도망을 치고 했는지 모를 정도로 고요하기만
하다. 그런데 집 가까이 왔을 때 평소와 다른 분위기가 느껴졌다.
진범이네 집 부엌에서 김이 모락모락 피어오르고 있었다.
큰아버지는 진범이 없이 아무 일도 할 수 없다. 그렇다면 부엌에
있는 사람은… 엄마다.

"엄마!"

"진범이 왔구나?"

이렇게 좋은 일이 있으려고 아침부터 내내 운이 나빴던 모양이다.

한동안 집에 오지 못했던 엄마가 예고도 없이 집에 온 것이다.
하늘을 날 듯 반가웠지만 그것도 잠시였다. 진범이는 불안한
마음에 문을 걸어 잠그고 담 너머 주변을 살폈다. 엄마가 집에
돌아온 것을 안전부에서 알게 되면 큰일이 난다. 불법으로 중국을
넘어 다니며 장사를 했기 때문에 사람들 눈에 띄면 바로 끌려가게
될 것이다.

진범이가 다섯 살 때인가, 그때는 엄마가 사다 준 검정 줄무늬가
그려진 노란색 옷을 입고 동네를 다니면 이웃들이 "진범이 옷
샀네." 하고 귀여워해 줬다. 하지만 지금은 엄마가 사다 주신
새 신발을 신고 밖에 나갈 수 없다. 혹시나 사람들이 '쟤는 돈도
없는데 어디서 새 신발이 났지?' 하며 의심을 하면 큰일이기에

진범이는 신발을 그저 품에 안고만 있다.

철없는 동생 광문이와 현경이는 새 옷을 입고 펄쩍 뛰며 좋아한다.

"엄마, 나 이거 동무들한테 자랑할래!"

"야 임마, 시끄러 집어넣어!"

"왜 그러니? 형 것보다 내 게 좋으니까 샘나니?
 친형도 아닌 게 왜 참견이야."

광문이는 진범이가 무슨 말만 하면 말버릇처럼 '친형도 아닌 게 왜
참견이냐'고 한다. 진범이는 내심 엄마가 광문이의 버르장머리를
보고 "형한테 무슨 말버릇이냐"고 혼내 주기를 기대했지만, 엄마는
여전히 아무 말씀도 하지 않는다. 엄마는 예전부터 진범이에게
많은 정을 주지 않으셨다. 진범이보다 어린 두 동생들이 있었기에
늘 관심에서 멀어져 있었다. 진범이 역시 초등학교에 다닐 어린
나이인데도 엄마도 큰아버지도 진범이를 어린아이라고 여기지
않았다.

진범이는 어려서는 할머니와 살았는데 할머니가 돌아가신 후
그때부터 지금의 식구들과 살게 됐다. 친아버지는 한 번도 본
적이 없고, 어머니와 같이 살았던 기억도 없었다. 큰아버지는 한때
잘나가는 깡패였다. 머리도 비상하고 힘도 좋아서 정말 잘나가는
사람이었다고 한다. 그런데 어떤 싸움에 휘말려 눈이 멀고 말았다.
그렇게 큰아버지는 장님이 되었고, 진범이는 그의 지팡이가
되었다. 진범이 없이 아무것도 할 수 없는 큰아버지였지만
그렇다고 따뜻하게 대해 주지도 않았다. 성격도 거친 편이어서
동네에서도 다들 그를 싫어했다. 마루에 걸터앉아 담배 피우는 게
하루 일과의 전부인 큰아버지였지만, 그래도 어떻게든 진범이를
이용해서 살아가야 했기 때문에 많은 것을 가르쳐 주었다.
그러면서 진범이는 누구에게도 의지하지 않고 혼자 살아가는 법을
배우고 있는 것이다.

한 집안의 가장 역할을 하면서 잠시 잊고 있었지만, 돌아온 엄마를
보자 평소 가슴속에만 묻어 두었던 생각이 진범이의 머릿속을
맴돈다.

'두 동생들처럼, 동네 친구들처럼 나도 학교에 가고 싶다.'

엄마에게 말을 꺼내 볼까 몇 번이나 망설이다가, 도로 집어넣었다. 진범이는 그냥 지금도 충분히 행복하다고 생각했다. 그저 평소 괜히 주눅이 들어 얼씬도 하지 못했던 '중학교'라는 곳에 큰맘 먹고 가 보는 걸로 만족하기로 했다. 운동회를 한다는데 어떤 모습일까 궁금했다.

"개구리 잡으러 가려고?"

"네. 다녀올게요."

학교 근처는 학생과 부모님들로 북적였다. 그 틈에 슬쩍 안으로 들어가 볼까 했지만 아무리 봐도 진범이는 자신의 행색이 초라하게 느껴졌다. 지난번 물에 빠진 생쥐 꼴로 맞닥뜨린 동네 친구들을 다시 만날까 걱정이 되기도 했다. 진범이는 학교 교문을 넘어가는 대신 학교 밖 큰 나무에 오르기로 했다. 운동장이 한눈에 들어와 그 편이 더 나을 거라고 스스로 위안하면서.

진범이 생각대로 나무 위에서 내려다보는 운동장 모습은 정말 볼 만했다. 몇 백 명은 모였지 싶은데, 사람들이 삼삼오오 모여 웃으며 노니는 모습이 행복해 보였다. 동네에서는 천을 뭉쳐

축구를 하곤 했는데, 난생처음 제대로 된 축구공도 구경했다.
한쪽에서는 커다란 박을 터트리려 콩주머니를 던지고, 또
한쪽에서는 뜀박질을 하는 사람과 응원하는 사람이 뒤섞여 말
그대로 잔치 분위기였다.

일전에 광문이와 현경이네 소학교 운동회는 가 본 적이 있다.
그때도 집안 형편이 좋지는 않았지만 큰아버지가 무조건
챙겨 줘야 한다고 해서 이모가 와서 두부랑 감자떡을 만들어
가져갔었다. 그런데 중학교 운동회는 그때랑 비교가 되지 않을
정도로 규모가 크다. 진범이는 나무 위에 앉아 상상했다. 저
광활한 운동장 한 켠에서 동생들과 함께 뜀박질을 하며 놀고,
큰아버지와 엄마와 함께 잎쌀떡, 설기떡, 밀가루빵, 감자,
두부밥을 나눠 먹는 상상. 하지만 상상은 상상일 뿐이고, 현실은
초라했다. 괜히 누군가 자신을 보는 것 같은 마음에 진범이는
서둘러 나무에서 내려왔다.

"학교에 안 가고 운동회를 안 해도 우리 식구 행복하게 살면
 되는 거지 뭐."

진범이의 바람은 오래가지 못했다.

엄마가 집에 온 지 사나흘 정도밖에 안 됐는데, 떠날 시간이 다가왔음을 직감할 수 있었다. 늘 그렇듯 새벽 5시쯤 큰아버지가 진범이를 깨웠다.

"엄마 간다."

엄마가 간다는 말에 눈을 비비며 일어난 진범이는 속으로 생각했다.

'또 얼마나 기다려야 엄마를 만날 수 있을까?'

진범이는 먼저 문을 열고 밖으로 나가 사람들이 있는지 없는지 확인하고 신호를 보냈다. 그리고 15분 정도 걸어 산 위에 있는 도로까지 올라갔다. 엄마는 진범이를 따라 걸으면서 말 한마디 건네지 않았고, 미소 한 번 짓지 않았다. 그리고 곧 안전복을 입고 있던 사람이 끌고 온 오토바이에 올라탔다. 마지막 순간 뭔가 말을 꺼내려던 엄마는 끝내 아무 말이 없었고, 진범이는 그저 엄마에게 웃어 보이며 그렇게 작별했다. 그게 진범이와 엄마가 함께 한 마지막 순간이었다.

엄마가 떠나고 며칠이 지났다. 큰아버지 친구가 집에 와서 꺼낸 말 한마디는 결국 집 안을 뒤집어 놓았다. 진범이마저도 슬픔과 절망감을 숨길 수 없었다. 엄마는 중국을 다니다 보위부에 잡혔는데 그때 엄마를 구해 준 사람이 바로 며칠 전 엄마를 데리러 온 보위부 감찰과장이었다고 한다. 그 감찰과장은 엄마를 오랫동안 좋아했다는데, 엄마가 그 사람을 받아 주었는지는 아무도 모른다. 하지만 확실한 건 엄마가 그 사람 오토바이를 타고 떠났다는 것이다. 그리고 그 사실을 큰아버지가 알게 됐다. 큰아버지는 영리한 사람이라 엄마가 집에 왔을 때 했던 행동 하나하나를 곱씹으며 상황을 파악해냈다. 큰아버지 얼굴은 그 어느 때보다도 차가워 보였다.

2~3일 후, 여느 때처럼 동생들과 함께 저녁밥을 먹고 있는데 큰아버지가 말씀하셨다.

"광문이랑 현경이 데리고 연암으로 갈 거다."

진범이는 그 말을 듣고 잠시 아무 말도 하지 못했다. 긴 침묵을 깬 건 큰아버지였다.

"나중에 데리러 오마."

그 말이 거짓말이라는 걸 진범이는 이내 알 수 있었다. 상대방이
거짓말을 하는지 참말을 하는지 구별하는 법을 가르쳐 준 건
큰아버지였다.

한순간에 혼자가 된 진범이는 앞이 캄캄했다. 자려고 누우면 울고
싶고, 누군가 지켜보는 것 같아 무서웠다. 다섯 칸 방 중 가운데
방을 혼자 차지하고 덩그러니 누워 있자니 전깃불이 들어와도
무섭기는 매한가지였다. 봄철이라 전깃불이 들어오긴 했지만 먹을
것은 눈을 씻고 찾아봐도 없었다. 보릿고개가 되자 진범이는 남의
집 일을 도우며 겨우겨우 입에 풀칠을 했다. 그러던 와중에 어린
진범이가 혼자 그 집에 살고 있다는 소문이 나자 호시탐탐 집을
노리는 사람들도 생겨났다. 할머니가 돌아가시기 전 남긴 빚이
있었는지 빚꾼들은 하루가 멀다 하고 들이닥쳤고, 마을 사무장은
보호자 없이 어린아이가 혼자 집을 소유할 수 없다며 대놓고 집을
빼앗으려고 했다. 더 이상 이렇게 살 수 없다고 판단한 진범이는
결국 큰아버지를 찾아가기로 했다.

진범이는 아침에 출발하면 저녁이 돼서야 도착할 수 있는 거리에

있는 큰아버지의 누이 댁을 무작정 찾아갔다. 발이 퉁퉁 붓고,
온통 물집이 잡혔다. 그렇게 해서 간신히 큰아버지를 만나게
됐다. 먼 길을 찾아와 어렵게 만난 큰아버지에게 지금의 상황을
이야기하고 도움을 받고 싶었다. 하지만 앞이 보이지 않는 그의
눈은 진범이를 외면하고 있었다. 큰아버지는 그동안 잘 지냈냐는
인사 한마디 없이 물었다.

"어떻게 할 거니?"

진범이는 대답했다.

"내일 다시 돌아가야죠."

자신을 받아 줄 거라는 기대를 하지는 않았지만 큰아버지의 뜻을
다시 한 번 확인한 진범이는 망연자실했다. 마을로 돌아가도
진범이는 얼마 지나지 않아 그 집에서 내쫓기고 말 것이다. 앞으로
어디에 가서 살아야 할지 눈앞이 캄캄해졌다.

그런 진범이의 속을 아는지 모르는지 천사 같은 동생 현경이는
오랜만에 만난 오빠 곁에 붙어 떠날 줄을 모른다. 진범이는

그런 현경이를 데리고 나와 손을 잡고 동네를 걸었다. 순간
조금 전까지의 걱정이 잠시나마 사라졌다. 동생과 함께 걸으며
진범이는 생각했다.

'나는 왜 이렇게 살 수 없는 걸까?'

현경이는 한쪽 손에는 나무로 만든 장난감 자동차를 들고, 다른
한 손은 진범이의 손을 꼭 잡고 있었다. 구름 한 점 없는 맑은
날이었다. 진범이의 소매를 끌어다가 자기 콧물을 닦으며 장난을
치던 현경이가 이내 졸음이 오는지 눈이 조금씩 감기고 있다. 그
모습이 어찌나 귀여운지 웃음이 났다. 큰아버지나 광문이에게는
별다른 정이 없었지만, 이 귀여운 천사 현경이는 많이 보고 싶을
것 같았다.

"현경아 힘들어?"

"아니, 안 힘들어."

현경이는 나이에 비해 똑똑하다. 힘들다고 하면 진범이가 업어
줄 테지만 오히려 그걸 알기 때문에 오빠가 힘들까봐 괜찮다고

하는 것이다. 오빠를 생각하는 현경이의 마음이 기특해 괜찮다는
현경이를 업었다. 진범이의 등에 업힌 현경이는 어느새 잠이
들었다. 집에 와서 현경이를 잠자리에 눕히고 진범이도 그 옆에
누웠다. 잠든 줄 알았던 현경이가 진범이의 목을 꼭 끌어안고
다시 눈을 감았다. 그런 현경이를 꼭 안으며 진범이는 이게 만일
꿈이라면 영원히 깨고 싶지 않다고 생각했다.

엄마에게 쓰는 편지

"뭘 쓰라는 거예요?"
"엄마를 만날 수는 있는 건가요?"
"왜 혼자 있어야 하는 거죠?"
"무서워요….."

그냥 뭐라도 쓰라고 하시니까 써 볼게요.

한 아줌마가 찾아왔어요.
그때는 그 아줌마가 누군지 몰랐어요.
집에 있는데 갑자기 문이 열려서 쳐다봤더니
어떤 아줌마가 얘기했어요.

"아빠 오시면 누가 좀 왔다 갔다고 전해라."

그래서 그 다음날 아빠가 오셨을 때 그 말을 했더니,
저를 데리고 걸어서 5분밖에 안 걸리는 친척 집에

갔어요.

그런데 거기에 그 아줌마가 계셨어요.
아빠가 저를 두고 가셔서 거기서 그 아줌마랑 하룻밤을
같이 잤는데, 누군지 잘 기억은 안 나지만
그 아줌마가 '엄마'라고 말해 주셨어요.
엄마라고는 하지만 태어나서 처음 보는 사람이고
그래서 그게 뭔지 잘 실감이 안 났어요.

그렇게 며칠을 같이 보냈는데, 제가 많이 아팠어요.
그래서 그 아줌마가 날 데리고 병원에 갔는데
주삿바늘이 무서워서 의사가 오기 전에 도망을 쳤어요.
결국 그 아줌마한테 잡혀서 엄청 얻어맞고
닁겔 주사를 맞았어요.

주사를 맞고 좀 나아지니까 그 아줌마는 저를 데리고

상점에 가서 옷 한 벌과
소시지 몇 개를 사 주셨어요.
그리고 돈을 쥐어 주더니 집으로 가래요.
근데 그냥 가기 싫었어요.
계속 같이 가겠다고 하니까 어쩔 수 없이
그 아줌마가 저를 데리고 갔어요.

아줌마가 아는 친구네 집에 들러서 인사를 하는데
그 아줌마 친구가 그랬어요.

"쟤도 데려가."

그때 눈치를 챘어요.

'어딘가로 떠나려고 하는구나.'

그래서 엄청 떼를 썼어요. 그랬더니 그 아줌마가
그래요.

"너 오늘 엄청 많이 걸어야 하는데 괜찮겠니?
 힘들 텐데?"

전 당연히 괜찮다고 했어요.
그러곤 먼저 100미터 정도 앞장서서 걸었어요.
혹시나 아줌마가 다른 데로 갈까봐
몇 발짝 걷고 뒤돌아보고, 또 몇 발짝 걷고
뒤 돌아보고를 반복했어요.

그렇게 몇 시간을 걸어서
겨우 어떤 마을에 도착했어요.
그곳에는 저도 몰랐던 친척 삼촌이 살고 계셨어요.
친척 삼촌네서 며칠을 지냈는데, 3일째 되는 날인가
밤에 한참 자고 있는데 아줌마가 나를 막 깨웠어요.
나를 데리고 어디론가 갔는데 거기가 두만강이었어요.
비가 엄청 많이 와서 물이 잔뜩 불어난 상태였어요.

두만강을 건너겠다는데 그때 저는
키가 너무 작아서 도저히 건널 수가 없었어요.
구명조끼 같은 것도 없이 강을 건넌다니
너무 무서웠어요.
그때 아줌마가 가지고 있던 배낭에다
저를 넣고 어깨에 멨어요.
그렇게 물에 들어갔는데 이건 건너는 게 아니라

거의 떠내려가는 거였어요.
물 속으로 머리가 들어갔다 나왔다 하는데
죽을 것 같았어요.
너무 겁에 질려서 눈물이 났어요.
그리고 나도 모르게 소리 질렀어요.

"엄마!"

태어나서 처음으로 엄마라는 말을 해 봤어요.
그때 아줌마의 몸이 잠시 멈칫하는 것 같았어요.
하지만 워낙 물살이 세서 그대로 또 떠내려갔어요.

두만강을 건너서 도착한 곳은 신세계였어요.
주먹만 한 돌들이 쌓여 있는 언덕 같은 곳을
힘겹게 기어 올라갔어요.
차들도 많이 다니고, 그 바로 앞에 마을도 있었어요.
거기에도 엄마가 아는 사람이 살고 있었어요.
아직 엄마라는 말이 어색하지만 엄마라고 쓸게요.
엄마 친구 집에서 목욕을 하고 있으니까
택시운전수 아저씨랑 중국 양아버지라는 분이
오셨어요.

바로 택시를 타고 연길에 있는 엄마 친구 집에 가서
맛있는 반찬에 쌀밥을 먹었는데,
그때는 너무 행복했어요.

그런데 얼마 후에 엄마가 떠나셨어요.
택시운전수 아저씨 집에 할머니, 할아버지가 있었는데
그 집에 저를 맡겨 두고 어디론가 가셨어요.

저는 거기서 유치원을 다니면서 1년 정도를 살았는데
엄마와 함께 있지는 못했지만
그곳 할머니, 할아버지가 잘해 주셔서 고마웠어요.
그곳에서 지내는 동안 너무 말썽을 많이 피워서
마을 사람들이 다 알 정도였어요.

어느 날은 여자애들이 고무줄놀이를 하는 데 가서
가위로 잘라버리고 도망을 가고, 또 다른 날은
돈을 안 내고 방방을 타다가 주인이 오면 도망가고,
또래 여자애 장난감도 망가뜨렸어요.
용돈을 받으면 길거리에서 파는 양꼬치를 10개나 사서
양손에 들고 먹는 망나니 같은 아이였어요.
지금 그렇게 하라고 하면 아마 못할 거예요.

그러던 어느 날 엄마한테서 연락이 왔어요.
엄마는 한국에 있다고 했어요.
큰엄마랑 같이 한국으로 오라는 거예요.
그래서 꽤 오래전에 보고 못 봤던 큰엄마가 저를
데리러 와서 그곳을 떠나게 됐어요.
브로커 아저씨 두 명이랑 큰엄마랑 아는 이모랑 같이
승용차를 타고 3일을 내내 달려서
내용골이라는 곳에 갔어요.
거기 숙소에서 하루를 지내고 밤이 되자 차로
깊은 산골에 데려다 주데요.
브로커 아저씨 말로는
여기 앞에 보이는 산을 넘으면 용골이래요.
아저씨 말만 믿고 산을 넘어 가는데, 이건 끝도 없이
산이 나와요.
결국 큰엄마가 그래요.

"여길 가다가 죽겠다!"

그래서 다시 몇 킬로를 걸어서 다시 숙소로
돌아왔어요.
브로커 아저씨한테 빨리 다시 오라고 했어요.

아저씨들은 다음날 저녁에 다시 우리를
낯선 곳으로 데려갔어요.
다행히 이번에는 산이 없었어요.
큰엄마랑 아는 이모랑 셋이 걷다가 보니
엄청 크게 파놓은 구덩이가 있었어요.
겨우겨우 구덩이를 뛰어넘어 가 보니 철조망이 나왔어요.
하나만 넘으면 되는 줄 알았는데
걷다 보니 끝도 없이 나와요.
10개 정도는 있었는데 9번째인가
그 철조망에는 전기가 흘렀어요.
철조망을 자르는 큰엄마를 보니까 덜컥 겁이 났어요.
저러다가 전기가 통하면 어쩌나 싶어서요.
그래도 무사히 철조망을 다 건넜어요.

옹골에 도착한 거래요.
건물이 있었는데 거기에서 시계를 봤더니
3시 10분 정도 됐었어요.
몇 분을 그 앞에서 서성이고 있었더니
옹골 군대 차량이 와서 우리를 데리고 감옥으로 갔어요.

감옥에 도착하자마자 저는 긴장이 풀렸나 봐요.

짐 검사를 하고 내 이름을 부르는데 나도 모르게
졸음이 쏟아져서 졸면서 이야기를 했어요.
그때 무슨 말을 했는지 모르겠어요.
그러곤 4시가 넘어서 잠자는 곳으로 갔어요.
먹고 자고 샤워도 거기서 했어요.
아는 이모가 샤워도 시켜 주고 세수도
시켜 줬던 게 기억나요.
그렇게 한 달 정도 감옥에 있었어요.

그 후에 또 울남바트로인가 하는 곳으로 옮겨갔어요.
기차를 타고 갔는데, 기차 안에서 어떤 아저씨가
나한테 10 아니면 20이라고 써져 있는 지폐를 줬어요.
그게 뭔지 잘은 몰라도 돈이라는 건 알고 있었어요.
돈을 쥐고 침대 방에 가서 누워 잤는데,
눈을 떠 보니 돈이 없었어요.
알고 보니 같이 있던 아저씨가
자는 동안 음료수를 사왔대요.
아저씨랑 음료수를 맛있게 나눠 먹었어요.

울남바트로에 있는 감옥은 참 신기했어요.
텔레비전이 있어서 대장금을 봤어요.

한국 드라마를 처음 봤어요. 정말 재미있더라고요.
그러고도 계속 감옥을 옮겨 다녔어요.
한 달 정도씩만 있고 꼭 다른 곳으로 가게 되더라고요.

산 속에 큰 건물 한 개와 집 몇 개가
전부인 곳에도 갔었어요.
그때가 겨울이었는데 큰 건물에서
우리들은 머물렀어요.
안에 식당도 있었는데, 거기에 가끔 오는
부유해 보이는 아저씨가 나를 부르더니
봉투에 소시지랑 여러 가지 들어 있는 것을 줬어요.
참 고마운 분이에요.
거기 식당에서 먹었던 음식 중에
가장 기억에 남는 음식은 말고기 탕이에요.
말고기를 처음 먹어 봐서 그런지 좀 거북했지만 먹다
보니까 또 맛있더라고요.
식당에는 영화를 볼 수 있는 시설이 있었어요.
웃기는 아저씨가 나오는 영화를 봤어요.
같이 간 아는 이모가 그러는데 임창정이라는 사람이고
영화 제목은 색즉시공 이래요.
이모가 같이 영화를 보다가 이상한 거 본다고

엄마한테 이르겠다고 놀렸어요.
엄마한테 이른다고 하는 걸 보면
이렇게 있다 보면 엄마를 만날 수 있긴 있나 봐요.
그리고 또 하나는 아주 잔인한 영화였어요.
사람을 죽여서 인육을 먹는 영화. 상상하기도 싫어요.

또 한 달 후에 다른 감옥으로 옮겨갔어요.
이곳이 비행기를 타기 전 마지막 감옥이에요.
여기는 그냥 체육관 같은 곳에서
1층과 2층으로 나뉘어서 지냈어요.
특별히 재미있는 일은 없었어요.
여기서도 한 달 정도 있다가 어느 날 아침
일찍 버스를 타고 비행기장으로 갔어요.
비행기장에 도착했을 때 너무 신기해서
저도 모르게 소리를 쳤어요.

"우와 비행기다!"

비행기를 처음 타 보는데도
저는 멀미도 안 하고 신이 났어요.
잠도 안 자고 계속 바깥을 쳐다봤어요.

72

한국 땅에 도착했을 때는 정말 새로운 느낌이었어요.
내가 살던 중국 건물은 좀 칙칙했는데
여기는 깨끗하고 좋아 보이는 거예요.
건물들이 헌옷을 벗어버리고
새옷으로 갈아입은 것 같았어요.

'몽골에서의 답답한 생활이 드디어 끝이 나는구나'
생각했는데, 한국에 와서는 독방에 혼자 있게 되어서
너무 답답하고 힘들었어요.
그래서 지금도 눈물이 나요.

이제 곧 국정원 아저씨가 돌아와서
얼마나 썼냐고 물어볼 거예요.
처음에는 두 줄밖에 못 썼었는데,
엄마가 이 글을 볼지도 모른다고 하니까
여러 가지가 생각났어요.
엄마가 진짜 오긴 오나 봐요.

한국에 왔으니까 어서 엄마를 만나고 싶어요.

황철진

동하리 3반의 사계

사계

글 · 그림. 염하롱

동하리 3반의 사계

겨울

고요하게 서리가 내려앉은 초겨울 아침이다. 두꺼운 이불 속이라
따뜻한 것인지 아랫목이라 따뜻한 것인지 모르겠지만 유독 오늘은
이불 밖으로 나가고 싶지가 않았다. 이불 밖으로 머리를 내밀자
차가운 공기가 머리를 스친다. 머리만 빼꼼 내밀고 부엌에서
밥을 짓는 엄마에게 세숫대야에 따뜻한 물을 받아 달라고 응석을
부렸다.

"게으르면 삼대가 망한다!"

엄마는 단호한 목소리로 내 몸을 포근하게 감싸고 있던 이불을
벗겨내셨다. 순간 몸이 번데기처럼 움츠러들었지만 불현듯 오늘이
학교 방학 날이라는 것이 떠오르자 몸이 절로 일으켜졌다. 부엌
한쪽에 놓인 내 몸보다 세 배는 무거운 가마솥 뚜껑을 열었다.
순간 뜨거운 수증기가 온몸을 휘감았다.

이 커다란 가마솥은 엄마가 시집오면서 외할머니에게 받은 귀한
물건이다. 뜨거운 물과 차가운 물을 번갈아 가며 세숫대야에
붓고 손가락으로 휘휘 저어 온도를 맞췄다. 조금은 차가운
공기를 느끼며 세수를 하고 방으로 들어오니 그사이 엄마가 김이
모락모락 오르는 따뜻한 밥상을 차려 놓으셨다. 따끈한 국물과
살짝 눌은밥으로, 조금 전 이불 때문에 삐친 마음이 눈 녹듯
사라졌다.

그러고는 어젯밤에 살짝 물을 뿌려 뜨거운 아랫목에 넣어 주름
잡은 바지를 입고 윗옷과 함께 맵시를 잡으며 거울 앞에 서서
호크를 말끔하게 잠그고 거울을 슬쩍 훑는다.

'잘생겼다.'

집을 나서려 할 때 엄마가 내가 메고 있는 가방을 낚아채시더니
금빛이 겉돌며 빨간색으로 얇게 포장된 문양의 고양이 담배 한
갑을 가방 깊숙이 밀어 넣으신다.

"선생님 갖다 드려라."
"어, 엄마 학교 다녀오겠습니다."

평소엔 반말하다가 '학교 다녀오겠습니다.'라고 할 때만 존댓말이 나와 조금 민망했다. 한참을 걷다 엄마가 가방 깊숙이 넣어 주신 담배가 생각나서 가방에 슬쩍 손을 넣어 꺼냈다. 고양이 문양이 품위 있게 그려진 물건에서 담배 냄새가 확 밀려왔다. 하지만 돈 많은 어른들의 냄새인 것 같아 나쁘진 않았다. 그렇게 킁킁거리며 냄새도 맡고 손에서 굴리기도 하면서 걷던 중 국방색 군복을 입은 군인들 무리가 앞에 있는 것을 보고 놀라 담배를 가방 속에 던져 넣고 걸음을 재촉했다.

그렇게 한참을 걸어 마을 어귀에서 전자다리미로 잘 다린 교복을 입고 머릿기름으로 깔끔하게 단장한 광선이를 만났다. 옆에는 나이는 들었지만 여전히 품위를 잃지 않은 전직 유치원 원장님인 광선이네 할머니가 꼿꼿하게 서서 광선이를 배웅하고 있다. 광선이는 할머니의 위세에 동조하듯 나를 보며 남자답게 인사했지만 사실 그리 남자답진 않았다.

나는 광선이와 함께 철삼이네의 오래된 살구나무로 만든 집 대문을 두드렸다.

"철삼이 엄마! 철삼이 있소?"

광선이는 자신감에 찬 목소리로 철삼이를 불렀다. 조금 뒤
철삼이가 모습을 보였다. 철삼이도 한껏 멋을 낸 모습이었지만
별로 티를 내진 않았다. 학교를 가는 중에 청일이와 대혁이까지
합류하며 동하리 3반 다섯 친구들이 다 모였다.

교실에 들어서자 병원 냄새와 분필가루가 뒤섞인 학교 냄새가 확
풍겨왔다. 그리 좋은 냄새는 아니었지만 금세 코가 적응했는지
교실이 친근하게 느껴졌다.

아이들과 떠들고 있는 사이, 요즘 젊은 누나들 사이에서 유행하는
하얀 블라우스와 검은색 코트에 흰 구두로 한껏 멋을 낸 선생님이
우리 앞에 서 계셨다. 선생님은 차분한 눈길로 교실 전체를
훑으시더니 오늘 방학식 일정과 행동요령에 대해 설명해 주셨다.
하지만 아이들은 크게 관심이 없었다.

교장선생님 역시 구구절절 방학 동안 아침 일찍 기상하여
말끔하게 단장하고 김일성, 김정일, 김정숙 초상화에 경례를
하고 부모님께 아침 인사를 하라며 신신당부를 하셨다. 아이들은
여전히 관심이 없었다. 길었던 교장선생님의 훈화가 끝나고
재빠르게 가방을 챙겼다. 선생님은 방학 기간에 지켜야 할 주의

사항에 대해 다시 한 번 설명하고 계셨지만 아이들의 어깨에는
이미 가방 끈이 걸쳐져 있었다. 심지어 나의 두 다리는 뒷문을
향해 뻗어 있었고 선생님께서 말씀을 마치자마자 뒷문을 향해
달렸다. 그때 선생님께서 소리치셨다.

"렴하룡, 손국화 남아!"

빨리 나가기 위해 온몸에 장전했던 힘이 쭉 빠져버렸다.
선생님께서는 아이들이 모두 교실 밖으로 나가자 교탁 서랍에서
빨간 책 두 권을 꺼내 국화와 내게 건네주셨다.

"소년단 선서문이야. 하룡이 너는 방학 동안 국화네 집에 가서
 외워 와라."

"네."

소년단은 아이들이 치르는 일종의 성인식과도 비슷했다. 그
성인식을 아이들 중에 내가 제일 먼저 치른다는 것이 뿌듯하기도
하고 자랑스러웠다. 그토록 바라던 소년단 선서문을 받아 들고
교실 밖으로 나왔다. 그 순간 아침에 엄마가 주셨던 고양이 담배가
생각나 국화와 인사를 나누고 다시 교실로 들어갔다.

"왜? 무슨 할 말 있니?"
"어머님이 선생님 드리래요."

가방 깊숙이 손을 넣어 어색한 몸짓으로 선생님께 내밀었다.
선생님은 멋쩍은 듯이 담배를 받아 서랍에 던져 넣으셨다.

"안녕히 계세요."

꾸벅 인사를 하고 뒤를 돌아 집으로 향했다. 방학식을 하는
날이라 평소보다 일찍 학교에서 나왔다. 집으로 내려가는 길에
어른들은 어깨에 삽과 지렛대, 낫 등 저마다 연장을 챙겨 뚜벅
뚜벅 걸어오고 있었다. 마을 어귀에 커다랗게 세워져 있는 '항상

준비'라는 소년단 표지판을 자랑스럽게 보며 집으로 가는 길에 광선이 집 앞을 한참 서성거렸다. 혹시 '광선이나 그 할머니를 만날 수 있을까?' 하는 속내였다. 하지만 한참을 서성거려도 그들은 보이지 않았다. 그 두 사람 앞에서 소년단 선서문을 자랑하며 집으로 가고 싶었지만 별 수 없이 그냥 집으로 향했다.

집 앞에 다다르자 대문은 반쯤 열려 있고 안에서는 살짝 시끄러운 실랑이 소리가 들렸다. 귀를 기울여 보니 엄마가 일을 부리는 데꺼(장사치)들과 돈 문제로 언성을 높이고 있었다. 가끔 있는 일이라 크게 신경 쓰지 않고 방으로 들어왔다. 그렇게 한참 동안 시끄러운 소리가 계속되었지만 나는 개의치 않고 가방 속에 고이 넣어 두었던 귀한 소년단 선서문을 꺼내 들었다. 자세히 보니 부드러운 가죽은 빨간색으로 염색이 되어 있고 테두리는 금색으로 두른 게 누가 봐도 권세를 느낄 수 있는 책이었다.

'위대한 수령님에 대한 항상 준비'

첫 장을 열자 이 문구와 소년단 십계명이 적혀 있었다. 한참 책을 들여다보고 있으니 어지러웠다. 평소에 책을 읽지도 않지만 밖에서 들려오는 시끄러운 소리 때문에 머리가 더 어지러웠다.

책을 덮고 다시 가방 안에 넣었다.

다음날 일찍부터 눈이 번쩍 뜨였다. 정면에 걸려 있는 벽걸이
시계를 보니 새벽이었다. 벌떡 일어나 물을 데우기 위해 아궁이에
불을 지폈다. 오늘은 국화네 집으로 가기로 한 날이기 때문에
유난을 떠는 것이다. 전에 없던 행동을 하는 아들이 못마땅한지
엄마가 자꾸 핀잔을 주신다.

"정신없으니까 방에 들어가 있어."

한참 뒤에 물 끓는 소리가 들렸다. 빨간 바가지로 끓는 물을
세숫대야에 옮겨 얼굴을 구석구석 씻어낸 다음 목에 걸려 있던
수건으로 닦아내며 분주하게 움직였다. 몇 번이나 옷을 입고
벗기를 반복하다가 하나를 정해 입고 집 밖으로 나섰다.

날씨도 깔끔했다. 국화네 집은 걸어서 30분 정도를 가야 했다.
매일 학교에 갈 때 걷던 길이라 썩 좋아하는 길은 아니었지만
오늘만큼은 느낌이 달랐다. 이유는 잘 모르겠다. 국화네 집
앞에서 국화를 불렀다. 자기 이름을 부르는 소리에 국화가 밖으로
뛰어나왔다.

늘 느끼는 거지만 오늘도 국화의 모습에서는 남자처럼 당찬
풍모가 느껴졌다. 일반적으로 우리 마을 여자아이들은 늘 남자들
눈치를 보는 편이지만 국화는 항상 남자아이들 위에 군림하는
느낌을 준다. 사실 그런 모습 때문에 국화에게 살짝 라이벌
의식도 느꼈지만 가끔은 매력적으로도 다가왔다. 국화는 날
보자마자 달려들듯 어깨동무를 하며 집으로 끌고 들어갔다. 집에
들어선 순간 습한 공기 속에 아침밥 냄새가 묻어 있었다. 내가
너무 서두른 것 같았다. 금방 식사를 마친 리당 비서 동지께서는
로동신문을 들고 의자에 앉아 계셨고, 국화 동생들과 엄마는 아직
식사 중이셨다. 머리 위를 커다란 돌덩이가 누르고 있는 것만
같은 불편하고 딱딱한 분위기였다. 국화는 거실 구석에 박혀 있던
자신의 가방에서 나와 같은 빨간색 책을 집어 자신의 방으로
가자고 했다. 뺄쭘하게 서 있던 나도 쭈뼛쭈뼛 국화를 따라 방으로
들어갔다. 순간 긴장했던 몸이 풀리면서 굉장히 편한 느낌이
들었다. 이곳은 처음 들어와 보는 여자애 방인데 말이다. 국화는
별말이 없었다. 순간 어색한 기운이 흘러 나도 모르게 책을 펴서
읽는 척했다. 국화도 어색했던지 먼저 말을 걸어왔다.

"밥 먹었냐?"
"어."

"....."

한참 서로 책만 보고 있다가 국화가 자신이 제대로 외웠는지 확인할 수 있게 문제를 내라고 했다. 아직 나는 한 문장도 제대로 못 외웠는데 국화는 제법 진도가 나간 모양이었다. 탐탁지는 않았지만 어쩔 수 없이 소년단 의무라고 쓰여 있는 쪽부터 문제를 내기 시작했다. 국화는 거의 막힘없이 외우고 있었다. 국화가 줄줄 다 외우는 모습을 보니 내가 다 외운 것 같은 기분이 들었다. 마지막 질문을 마치고 국화에게 책을 돌려주자 갑자기 나에게 문제를 내기 시작했다. 나는 첫 질문에만 더듬더듬 대답했을 뿐, 더 이상 말을 잇지 못했다.

"이번에 소년단 선서는 내가 먼저 통과할게! 내가 단위원장 되면 너는 꼭 단위원 시켜 줄 테니까 걱정 마."

국화의 자신감에 찬 목소리에 자존심이 상했지만 현실이 그런지라 딱히 반박할 수가 없었다. 마지막 남은 자존심을 지키기 위해 아무 말 없이 뚫어져라 선서문을 외우기 시작했다. 그렇게 몇 분이 흘렀을까, 집중력도 흐릿해지고 그제야 서랍장 위에 놓인 흰색 구두가 보였다.

"신발을 왜 서랍장 위에 놨어?"

국화가 벌떡 일어서더니 서랍장에 놓여 있던 신발을 들어 올렸다.

"이거 아빠가 김정일 대원수님 생신 선물로 받아 온 거야."
"우어!"

국화가 들어 올린 신발은 스케이트였다. 나는 부러운 마음에
스케이트를 만지며 자세히 보았다. 말린 돼지껍데기로 만들었는지
스케이트 표면에는 털구멍이 빼곡하게 박혀 있었다.

"이거 하나만 받아 오신 거야?"
"아니, 두 켤레 더 있었는데 하나는 동생 주고 하나는 사촌이모가
 가져갔어."
"넌 아버지가 당 간부라 좋겠다."

나는 부러움에 스케이트를 손에서 내려놓지를 못했다.
그때 국화가 말했다.

"우리 이거 타러 갈래?"

"여기 냇가 없잖아. 타는 데 있어?"

"응, 저기 황철령 옆에 있는 논에서 탈 수 있어."

"그래? 거기 가 보자."

나는 서둘러 책을 가방에 넣었다. 생각해 보니 나는 스케이트를 한 번도 타 보지 않았지만 국화 앞에서 처음이란 말을 하지 않았다. 국화는 동생의 스케이트까지 챙겨 밖으로 나왔다. 국화네 집에서 멀지 않은 곳에 논이 쨍쨍하게 얼어 있었다. 자연스럽게 생긴 논으로 보이진 않았다. 아마 며칠 전부터 국화 아빠의 손길이 닿아 있는 듯했다.

국화와 나는 스케이트를 꺼내 들고 신었다. 그런데 커도 너무 커서 스케이트의 3분의 1이 남는 것이었다. 국화도 마찬가지였다.

"지푸라기 넣고 신자!"

국화가 말했다. 우리는 눈에 보이는 지푸라기를 다 긁어모아 스케이트에 구겨 넣었지만 발은 쉽게 고정되지 않았다. 안 그래도 중심 잡기가 쉽지 않은데 발까지 따로 놀고 있으니 설상가상이었다. 어렵게 스케이트를 신고 국화와 함께 빙판으로

들어섰다. 처음이지만 국화에게 잘 타는 모습을 보이고 싶은
마음에 앞장서 크게 한 걸음 내딛자마자 뒤로 제대로 넘어졌다.
별 세 개 정도가 머리 위에서 빙빙 돌았다. 국화는 나를 배려한 듯
웃음을 참으며 괜찮냐고 물었다. 다른 사람들은 창피하면 아픈
줄 모른다고 하던데, 나는 그렇지 않았다. 한 걸음 한 걸음 서로
붙잡으며 스케이트를 타다 보니 중천에 떠 있던 해가 어느새
뒷산에 걸렸다. 국화가 이제 날씨도 추우니 그만 가자고 했다.
처음 타는 스케이트가 너무 재미있어서 밤을 새며 타고 싶었지만
국화가 그만 가자고 하니 갈 수밖에 없었다.

그 다음날부터 매일 국화네 집으로 출근해 선서문을 조금 보는 척
하다가 약속이나 한 것처럼 국화와 나는 잽싸게 스케이트를 챙겨
논으로 달려갔다. 그렇게 하루하루를 보내다 보니 어느새 개학이
다가왔다. 밀린 방학 숙제 하랴, 선서문 외우랴 정신이 하나도
없었다. 하지만 스케이트 생각에 밀린 숙제의 진도가 잘 나가진
않았다.

그렇게 방학이 끝나고 개학식이 다가왔다. 결국 방학 숙제도
제대로 못하고, 선서문도 어중간하게 외운 채 학교로 갔다.
아침부터 눈은 떠지지 않고 발걸음은 무겁기만 했다. 그때 엄마가

뒤따라 나오시면서 가방에 고양이 문양으로 포장된 담배를 넣어
주셨다.

"선생님 갖다 드려라."
"어, 엄마."

왠지 모르게 불안하던 마음이 엄마가 주신 담배 때문에 훨씬
편해졌다. 학교에 도착하니 국화가 반갑게 인사해 주었지만 숙제
때문인지 국화조차 반갑지 않았다. 교실 앞에선 노 한 자루를
어깨에 메신 선생님께서 숙제 검사를 하고 계셨다. 숙제를 하지
못한 친구들은 그 자리에서 꿀밤을 맞고, 교실 앞으로 나가 벌을
섰다. 차례가 점점 다가올수록 긴장돼서 발끝이 찌릿찌릿해졌다.
물론 숙제를 안 한 것도 있지만 선생님이 주신 선서문을 다
외우지 못한 것이 나를 더 불안하게 만들었다. 드디어 내 차례가
왔다. 선생님께서는 내게 오자마자 조용히 선서문을 다 외웠냐고
물어보셨다. 어떻게 대답할지 망설이고 있는데 선생님께서는
내 대답을 기다려 주시지 않고 감사하게도 국화와 교무실에
가 있으라고 했다. 순간의 위기를 모면하고 교실 뒷문으로
빠져나오는 동안 내 뒷자리에 있던 친구의 비명 소리가 들렸다.
조금 뒤면 나도 저런 꼴이 될 거라는 생각을 하며 긴 복도를 지나

교무실로 들어갔다. 교무실로 들어서자마자 교장선생님과 눈이
마주쳤다.

"오, 이번에 소년단 가입하는 하룡이구나!"
"예. 안녕하세요. 교장선생님."

국화도 어색한 표정으로 교장선생님께 인사드렸다.

"국화 아버지는 잘 계시지?"
"네. 출장 가셨다가 오늘 돌아오십니다."

국화는 차분하게 교장선생님의 질문에 대답했다. 그리고 이내
교무실에는 침묵이 흘렀다. 교장선생님도 침묵이 어색하셨는지
자리에 앉았다 일어섰다를 반복하시다가 교무실 밖으로 나가셨다.
한참 뒤 담임선생님이 교무실로 들어오셨다. 선생님께서는 먼저
국화를 부르시더니 조용히 이야기를 나누다 내 쪽을 바라보셨다.

"잠시 하룡이는 밖에 나가 있어라."

뭐 중요한 이야기를 하시는가 싶어 아무 말 없이 교무실 뒷문으로

나왔다. 교무실 뒤편에는 종이 매달려 있는데, 직접 손으로 쳐서 수업 시작과 끝을 알리는 쇠로 된 종이었다. 종대가 바람에 왔다 갔다 하는 사이로 교장선생님이 누군가와 이야기하고 계셨다. 아주 익숙한 푸른색의 긴 점퍼를 입은 우리 엄마였다. 엄마는 교장선생님과 한참 이야기를 나누고 계셨다. 학교에 오신다는 말씀이 없으셨는데 어쩐 일로 오신 건지 궁금했다. 그사이 국화가 내게 다가와 선생님께서 부르신다며 가 보라고 했다. 엄마를 보니 오늘 아침에 엄마가 가방에 넣어 준 담배가 생각나 교실로 달려가 가방을 챙겨 교무실로 왔다. 헐레벌떡 교무실 문을 열자 선생님께서 무언가를 쓰시다가 급하게 옆으로 치우셨다. 나는 주위를 한번 살피고 담배를 선생님께 내밀었다. 선생님은 익숙한 듯 담배를 받아 서랍에 넣으셨다. 그러고는 곧장 선서문을 외웠냐고 물어보셨다. 등골에 땀이 흐르는 것을 느끼며 잠시 머뭇거리는 사이 선생님께서는 다시 말씀을 이어 나가셨다.

"오늘 집에 가서 무조건 외워 오너라. 너 이거 통과 못하면 이번에 아무것도 못 되는 거 알지?"

선생님께서 하시는 말씀이 무슨 뜻인지는 알지만 딱히 뭐가 되고 싶은 마음이 없어서 절박하게 외우고 싶지는 않았다.

그렇게 긴장 속에 하루가 지나가고 다음 날부터 본격적으로
학교 수업이 시작됐다. 오전 수업만 하고, 오후에는 국화와 내가
전교생이 모인 앞에서 선배들이 내주는 소년단 선서문을 암송하는
시간이었다. 첫 번째 순서인 국화는 완벽하게 해냈다. 그리고 내
차례 시작 전 잠시 쉬는 시간을 가졌다.

"하룡아, 너무 떨지 마. 못해도 내가 단위원장 되면 무슨 일 있어도
 너는 꼭 단위원 시켜 줄게!"
"어…, 고마워."

국화가 확신에 찬 듯 내게 응원을 해 주었다. 단위원장에 욕심이
있는 것은 아니지만 여자가 당돌하게 내게 저런 이야기를 하는
것이 그다지 탐탁지는 않았다. 사실 국화가 다른 사람을 대하는
저런 모습은 좋지만 내게 그럴 때는 어딘가 모르게 살짝 거슬린다.
하지만 공부나 집안 면에서 국화가 나보다 훨씬 앞선다는 것을
그 누구보다 내가 더 잘 알기 때문에 크게 불편한 마음도 없었다.
쉬는 시간이 끝나고 드디어 내 차례가 왔다. 단상에 서자 나를
바라보는 선배들과 뒤에 서 있는 친구들, 뒷짐 진 선생님들의
시선을 삼냥하기 힘들었다. 드디어 제일 앞에 앉은 선배기 낯선
말투로 선서문 1장 1항에 대한 질문을 했다. 나는 더듬더듬

대답하기 시작했다. 그리고 차례로 선배들의 질문 세례를 받았다.
사실 모든 질문에 더듬더듬 대답은 했지만 그 대답이 맞는
답인지는 아무도 알려 주지 않았고, 긴장한 탓에 무슨 말을 했는지
기억조차 잘 나질 않았다. 시간이 어떻게 지났는지도 모르게
내 차례가 끝나고 나는 국화와 함께 교장선생님 옆에 앉았다.
그리고 몇 분 후 결과가 나왔는지 단위원장 배지와 상장, 깃대가
등장했다. 교장선생님은 누런 금테 안경을 추켜올리시곤 단상
앞으로 나가시더니 단위원장을 임명할 소년단 지도원 선생님을
단상 앞으로 모셨다. 키가 작은 소년단 지도원 선생님은 학교
소속이 아닌 중앙교육청 직속이라는 완장을 차고 단상 앞에서
단위원장을 발표했다.

"동하인민학교 단위원장으로 렴하룡 동무를 임명합니다."

그러자 일제히 모든 친구들과 선생님들이 박수를 쳤다. 생각지도
못한 발표에 어리둥절했지만 교장선생님에게 등 떠밀려 단상
앞으로 다가섰다. 순간 머릿속에 국화가 떠올랐다. 하지만 별
세 개에 줄 세 개 달린 단위원장 배지가 팔에 달리는 순간 국화
생각은 할 수가 없었다. 국화에게 미안한 마음보단 기쁜 마음이
더 컸고, 이런 마음을 보이지 않으려 애썼다. 외부적으로 보여야

하는 단위원장의 모습을 알고 있었기 때문이다. 어릴 때부터
선배들이 단위원장에 당선되면 어떻게 행동했는지를 이미 익혀
두었다. 나는 선배들처럼 차분하고 절도 있는 동작으로 단상
앞에서 김일성 대원수님과 김정일 장군님에 대한 선서를 읽기
시작했다. 10조까지 있는 선서문을 모두 읽고 교장선생님과
선생님들 그리고 전교생 앞에서 새로 선출된 단위원장 신분으로
소년단 호상비판시간을 선포했다. 그리고 엄숙한 표정으로 자리를
지켰다.

봄

날이 밝으면 골탄을 지피는 매캐한 냄새가 온 마을에 진동한다.

3월이라고 하기엔 너무 추운 날씨다. 어떤 날은 교실 문이
얼어붙어 한 시간가량 밖에서 기다린 적도 있다. 그래서 3월
내내 학교에서는 난로가 돌아간다. 아침에 학교에 도착하면
난로 바로 위에 도시락을 얹어 놓는 것은 단위원장의 특권이다.
학교에서 단위원장의 특권은 넘쳐난다. 복도나 밖에서 동급생이나
하급생들을 만나면 '항상 준비'라는 구호와 함께 오른손을 번쩍
들어 머리 위로 가로지른다. 이것이 소년단 인사다. 소년단 인사는
내가 먼저 하지 않는다. 선배들이나 동급생, 하급생 모두가 먼저
경례를 하고 내가 받는다. 뿐만 아니라 매달 두 번씩 토요일에
운동장에서 행군 연습을 다섯 시간 이상 하는데, 그 때마다
단위원장과 각 부 위원들은 기수로 앞에서 깃발을 들고 있다가
친구들이 발 맞춰 집단 행진 연습을 하고 돌아올 때마다 '소년단
전체 차려!'만 외치면 된다. 그렇기에 학교에서 내 위치는 선생님들
못지않게 컸다. 단위원장의 권위는 학교 수업이 끝나도 계속된다.
학교를 마치면 나를 중심으로 집이 같은 방향인 친구들이 모인다.
대혁이, 광선이, 국화, 청일이, 철삼이가 그 멤버다. 내 덕에 이

친구들도 학교 안에서 다들 한 자리씩 맡고 있다. 국화는 나와
함께 단위원장 후보였으므로 학교에서 분단위원장을 맡겼다.
그리고 단위원들은 내가 선출할 수 있다. 광선이는 체육단위원,
철삼이는 학습위원으로 뽑아 나의 주변인들로 주요직을 채웠다.
대혁이와 청일이는 직급 중 제일 낮은 분단위원이다.

일요일 아침부터 부둣가에 옹기종기 모여 게 낚시를 한다. 게
낚시는 알루미늄 소재의 전깃줄을 30센티미터 정도로 잘라 만든
낚싯대로 한다. 게 낚싯대를 만드는 것은 크게 어렵지 않다.
그래서 매번 게 낚시를 갈 때마다 나는 두 개씩 만든다. 하나는
내가 쓰고 하나는 국화를 위한 낚싯대이다.

게 낚시는 우선 바위 밑에 붙어 있는 흔한 골뱅이를 딴 다음,
딱딱한 껍질이 붙어 있는 윗부분과 아랫부분으로 나누고, 똥이
들어 있는 아랫부분을 으깨서 물에 된장을 풀 듯 바닷물에
푼다. 골뱅이 똥 냄새를 맡은 게들이 모여들기 시작하면 낚시가
시작된다. 그렇게 대여섯 번 반복하면 자루 속에 게가 바글바글
들어찬다. 30분만 투자해도 게를 배터지게 먹을 수 있다. 그날은
내가 제일 처음 도착해서 게 낚시를 시작했다. 한참 뒤 친구들이
하나둘 모였고 마지막으로 국화가 내 옆으로 다가와 당연하다는

듯이 내가 준비한 게 낚싯대로 낚시를 한다.

게 낚시가 지겨워질 즈음 나는 광선이와 함께 돌메기 낚시를
시작했다. 돌메기 낚시는 손 감각이 좋아야 하기 때문에 늘
광선이와 나만 했다. 다른 아이들이 게를 준비할 동안 돌메기
낚시를 할 생각이었지만 낚시를 하다 보니 지루하기 짝이 없었다.
게 낚시를 하던 아이들도 마찬가지인지 다들 그늘진 바윗돌 밑에
들어가 나오질 않는다. 그때 반짝반짝하게 골탄 칠을 해 놓은
작은 배가 느슨하게 부둣가에 묶여 있는 것이 보였다. 어른들은
다른 배에 골탄 칠을 하느라 정신없어 보였다. 그 틈을 타서 나는
작은 배에 슬쩍 올라탔다. 순간 배가 크게 요동쳤다. 작은 배라
그런지 좌우로 심하게 흔들렸다. 옆에서 돌메기 낚시를 하던
광선이도 슬쩍 배 위로 올라왔다. 그때 멀리서 골탄 칠 하던
아저씨가 우리가 배 위로 올라간 걸 아셨는지 크게 화를 내면서
달려왔다. 놀란 광선이와 나는 잽싸게 배에서 내려 반대쪽으로
달려갔다. 우리 쪽으로 달려오던 아저씨는 허리춤에 손을 얹고
잘 들리진 않았지만 온갖 욕을 다 하는 것 같았다. 아저씨는
씩씩거리면서 왔던 길로 되돌아갔다. 아저씨가 돌아가는 걸 본
나와 친구들은 약속이나 한 듯 모두 다 같이 배 위로 올라갔다.
작은 배에 여섯 명이 올라가자 배가 금방이라도 넘어갈 듯 크게

요동쳤다. 뒤돌아가던 아저씨는 다시 우리를 향해 소리를 질렀고, 철없는 우리들은 그럴 때마다 더 크게 소리를 지르면서 배 위에서 폴짝폴짝 뛰었다. 아저씨가 빠른 걸음으로 우리 쪽으로 걸어왔다. 하지만 거리가 꽤 되는지라 우리는 여유롭게 배에서 차례대로 내렸고, 아저씨는 우리 쪽을 향해 달리기 시작했다. 우리가 이 놀이를 몇 차례 반복하자 아저씨는 이내 포기하고는 왔던 길을 되돌아갔다. 아저씨를 이긴 것 같은 묘한 쾌감을 느끼며 친구들과 다시 배 쪽으로 향했다. 그리고 저마다 배 위에 널브러졌다. 그때 광선이가 닻으로 고정되어 있던 밧줄을 길게 풀어 바다로 들어가게 한 뒤 잽싸게 배 위로 뛰어 올랐다. 배는 부둣가에서 10미터 가량 둥둥 떠밀려 왔다. 배가 출항하는 것 같은 기분에 나뿐만 아니라 아이들 모두 좋아했고 우리를 쫓던 아저씨도 더 이상 보이지 않아 맘껏 놀 수 있었다. 그렇게 한참이 지났을까, 누군가 소리쳤다.

"배가 떠내려간다!"

배 뒤편에 앉아 있다가 깜짝 놀라 일어나 보니 광선이가 늘려 놓은 밧줄이 풀어져 부두와 멀어진 것이다. 우리는 뛰어내리러 용기를 내 보았지만 결국 뛰어내리지 못했다. 수영을 못해서가 아니라 4월

초 날씨가 꽤나 춥기 때문이었다. 순간 머릿속에는 아무 생각도 없었다. 친구들은 웅성웅성하면서 분주해지기 시작했고, 나 역시 불안한 마음과 복잡한 생각에 뒤로 벌러덩 드러눕고 말았다.

'아까 약 올렸던 아저씨한테 잡히면 어떡하지?'
'단위원장으로서 사고 친 뒷감당을 어떻게 하지?'

눈에 보이는 파란 하늘 속에 수만 가지 생각이 떠오르는 듯했다. 그사이 바다는 우리를 끝이 보이지 않는 수평선으로 빨아들이고 있는 것만 같았다. 그때 광선이가 기지를 발휘해 친구들을 양쪽으로 나눠 앉게 하더니 노를 대신해 손으로 물살을 가르게 했다. 하지만 배는 끄떡도 하지 않고 계속해서 뭍에서 멀어져 갔다. 광선이는 포기하지 않고 갑판에 있던 널빤지를 꺼내 들고 내가 있는 배 뒤쪽에서 물질을 했다. 소용없었다. 그때 앞쪽에 있던 누군가가 울음을 터트렸고, 그러자 모두의 눈가에 눈물이 글썽글썽 맺혔다. 나도 정말 무서워서 땅을 치며 울고 싶었지만, 마음 한편에서는 단위원장으로서의 체면과 급박한 상황 속에서 나 아닌 광선이가 아이들을 리드한 것에 자존심이 상해 뭐라도 해야 할 것 같아 무작정 외쳤다.

"야! 걱정하지 마! 안 죽어!"

그러자 국화가 일어나 소리치기 시작했다.

"사람 살려!"

다른 아이들도 이내 국화를 따라 모두 울음 섞인 목소리로 "사람 살려."를 연발했다. 친구들은 절박하게 소리쳤지만 멀어져만 가는 뭍의 풍경은 야속하게도 평온하기만 했다.

좁은 배 위는 난장판이었다. 한쪽에서는 울고, 다른 한쪽에서는 노를 젓고, 또 다른 한쪽에서는 부둣가를 향해 소리치고 있었다. 점점 우리들의 시야에서 멀어져 가는 육지를 보며 불안에 떨고

있을 때 설상가상으로 배에 물이 차오르기 시작했다. 아까
광선이가 꺼낸 널빤지는 배의 구멍을 막아 놓은 것이었고, 그
널빤지가 배와 분리되어 물이 배 안으로 들어오기 시작했다.
상황이 이렇게 되고 보니, 정말 앞이 캄캄해지면서 단위원장이고
나발이고 보이는 게 없었다. 일단 위에 걸치고 있던 두꺼운 외투를
벗어 물을 퍼내려 했다. 그때 머릿속에 든 생각은 바지가 젖으면
얼어 죽을 것 같았다. 그래서 바지를 벗었다. 국화가 있다는
것조차 잊고 있었다. 팬티 차림으로 국화 앞에서 물을 퍼내는
모습이라니, 남자로서 체면이 서질 않았지만 상황이 상황인지라
온몸으로 물을 퍼냈다. 광선이도 앞에서 열심히 두 손을 모아
연거푸 물을 퍼냈다. 그때 광선이가 입고 있던 티를 벗어 물이
새고 있는 구멍을 틀어막았다. 여전히 물이 새긴 했지만 전보다
좀 나아진 것 같았다. 순간 내가 바지를 안 입고 있다는 생각이
번쩍 들어 배 뒷머리로 달려가 바지를 주섬주섬 입었다. 바지를
입으면서 생각해 보니 왠지 광선이가 나보다 형 같은 느낌이
들었다. 내가 늘 광선이 위에 있다고 자부했지만 오늘 광선이의
행동에서 형 같은 아우라가 물씬 풍겼다. 어색하고도 좋지 않은
기분이었다. 하여튼 오늘은 이대로 죽고 싶을 만큼 되는 일이 없는
날이었다. 그렇게 또 한 고비를 넘기고 다들 물에 젖지 않은 배
뒤쪽에 모여 앉았다. 그때 누군가가 말했다.

"우리 이대로 죽으면 우리 엄마는?"

또 다 같이 울음이 터질 것 같은 분위기가 되고 말았다. 그런 상황
속에서도 나는 가족보다 조금 전 그 기분 나쁜 감정에 사로잡혀
있었다. 광선이보다 내가 우위에 있다는 것을 증명하고 싶은
마음이었다. 또 하나 국화에 멋있는 남자로 기억되고 싶었다.

"광선아! 그동안 보조해 줘서 고마웠다."
"국화야! 너는 내가 봤던 친구들 중에서 제일 멋있는 친구였어."
"그동안 다들 고마웠어."

그리고 벌떡 일어나 배 앞쪽으로 가서 뭍이 있는 쪽을 바라봤다.
아이들은 어색해서인지 부서워서인지 다들 아무 말이 없었다.
그때 광선이가 벌떡 일어서 소리쳤다.

"야, 양쪽으로 갈라 서서 노를 저어 줘."

광선이는 내가 어렵게 만들어 놓은 분위기를 확 뭉개버리면서
다시 현실을 직시하게 만들었다. 순간 광선이의 어른스러움에
얄미움을 느끼는 동시에 묘한 질투심이 피어 올랐다.

'간나 새끼….'

그때 저기 멀리 희미하게 보이는 형체와 함께 엔진 소리가 들리기
시작했다. 순간 친구들과 나는 모두 자리에서 벌떡 일어나
소리치기 시작했다.

"사람 살려!"

죽을 것만 같고 앞으로 어떻게 헤쳐 나가야 할지 막막하기만 하던
상황이 허무하게 끝나버렸다. 멀리서 조업을 마치고 돌아오던
배가 다행히 우리를 발견하고 다가왔다. 살았다는 안도감과 함께
엄청난 굴욕감이 밀려왔다. 정말 아이들 앞에서 얼굴도 들고 싶지
않았다. 국화에게는 더욱더.

여름

저 멀리 철삼이가 보인다. 철삼이는 어깨에 큼직한 가방을 메고
아침 일찍부터 나를 불러냈다. 여름방학 학습반을 운영하기
위해서이다. 학습부장인 철삼이는 아침부터 우리 집으로 달려와
친구들을 맞이할 준비를 했다. 학습반은 여름방학에 단위원장인
나를 중심으로 마을에 살고 있는 친구들이 모두 모여 4회 이상
학습 및 여름놀이를 하는 것으로, 학교에서 정한 규칙이다.
학습반은 꽤 엄격하게 관리해야 한다. 매일 아이들 출석 체크를
하고 아이들이 결석했을 경우에는 결과 사유에 대해 자세하게
기록해 개학하면 학교에 제출해야 한다. 그렇기 때문에 나를
중심으로 역할 분담을 확실하게 해야 한다. 나는 단위원장으로
아이들을 총괄하고, 학습부장인 철삼이가 학습을 하는 날에는
아이들을 진두지휘했다. 그날의 수업 진도를 나가고 방학 숙제를
검사하는 것이 철삼이가 해야 할 일이다. 우리 중 제일 머리가
좋은 철삼이는 늘 아이들의 질문을 받고 어려운 문제를 척척
풀어내는 영민한 친구다. 그렇기 때문에 철삼이가 학습부장을
하는 것에 아무도 이의를 제기하지 않았다.

오늘은 학습반을 운영하는 날이다. 철삼이를 시작으로 국화,
광선이, 대혁이, 청일이와 학년이 낮은 친구들까지 모두 30명
가까이 우리 집에 모여 앉았다. 엄마는 불편한지 아침부터
유엔과자 하나를 먹으라고 주시고는 모습을 보이지 않으셨다.

"애들아, 상 펴고 학년별로 앉아서 방학 숙제 꺼내."

철삼이가 일어서서 아이들을 지휘했다. 나는 물론이요, 다른
친구들도 철삼이가 시키는 대로 모두 숙제를 해 나갔다. 그때
청일이가 철삼이를 불렀다.

"철삼아? 연속 곱셈 문제 좀 풀어 줘."
"철삼이 오빠? 이거 이등변삼각형 공식 좀 써 줘."
"철삼아?"
"철삼이 형?"

방 안에는 철삼이를 부르는 소리가 한동안 끊이지 않았다.
철삼이는 거의 모든 학년 문제를 쉽게 풀고 설명까지 완벽하게 해
줬다. 그리고 학습반이 끝나면 철삼이는 그날 과제를 검사하고
다음 과제까지 체크하며 아이들을 이끌었다.

오전에는 학습반을 하고 오후에는 활동부장인 광선이를 중심으로
모두 바다로 달려 나갔다. 광선이는 아이들을 두 조로 나눠
물놀이를 하게 했다. 한 조는 상급반 친구들끼리 모여 깊은 물로
수영하러 가고, 나머지 한 조는 학년이 낮은 친구들이 국화와 함께
해변에서 물놀이를 했다. 오늘도 역시 철삼이, 광선이, 청일이와
나는 깊은 물로 들어가 저마다 수영 실력을 자랑했다. 물론 승자는
늘 정해져 있다. 바로 철삼이다. 평소 조용한 철삼이는 학습반을
운영할 때와 수영을 할 때는 눈빛이 살아난다. 철삼이는 우리와
조금 다른 수영법을 구사한다. 우리는 자유형 비슷하게 머리를
바닷물에 담그지 않고 수영을 하지만 철삼이는 바닷물에 잠수를
한 번 하고, 한 번은 물 밖에서 팔을 쭈욱쭈욱 내뻗으며 앞으로
치고 나간다. 소년단에 가입하기 전에 철삼이와 나는 학교 대표
수영선수로 추천되어 함경남도 내에 있는 모든 인민학교 학생들과
수영 대결을 한 적이 있다. 나는 뒤에서 뒤꿈치를 밀어 주시는
선생님 덕분에 겨우 3등을 할 수 있었지만 철삼이는 압도적으로
1등을 해 학교의 명예를 높이기도 했다. 오늘도 역시 철삼이는
저 멀리 깊은 바다까지 한숨에 치고 나갔다. 그렇게 깊은 물에
도착하면 잠수와 물질을 번갈아 하며 각자 잘하는 묘기를
자랑한다. 나는 묘기를 잘하지 못해 늘 옆에서 둥둥 떠 있기만
한다. 시간이 얼마나 흘렀을까, 물에 들어올 때는 해가 중천에 떠

있었는데 어느새 해가 지고 있었다. 바닷물 온도도 많이 내려가
온몸이 오들오들 떨렸다.

"철삼아, 이제 나가자!"

나는 떨리는 입으로 철삼이에게 소리쳤다. 철삼이는 저 멀리서
아이들과 잠수를 하며 소라를 따는 듯했다. 철삼이는 내 말을
들었는지 알겠다는 듯이 두 손을 들어 큰 원을 그려 보였다.
나는 자신 있게 수영하여 국화가 있는 해변으로 나갔다. 몇은
이미 집으로 갔고 국화와 대혁, 몇몇 아이들만 남아 있었다. 나는
팬티만 입은 채로 아이들에게 오늘 수고했다고 소년단 인사를
했다. 아이들도 인사를 하고는 각자 집으로 달려갔다.

이어 철삼이와 광선이, 청일이도 물 밖으로 나왔다. 철삼이는 물
밖으로 나오자마자 그물망을 들고 나에게 반대쪽으로 가라는
손짓을 하고는 이내 다이빙하듯 물속으로 뛰어 들어갔다. 낮에 쳐
놓은 그물의 끝을 잡으라는 신호였다. 날씨도 쌀쌀해져서 나는
다시 물속으로 들어가기 싫었다. 하지만 국화가 옆에서 지켜보고
있으니 안 들어갈 수가 없어 물속에 풍덩 하고 뛰어들었다. 내가
그물 반대쪽을 잡아 고정하고 있는 동안 철삼이는 연속으로

잠수와 물질을 거듭하면서 그물에 걸린 고기를 허리춤에 매어
놓은 그물망 안으로 밀어 넣었다.

한참이 지났을까? 철삼이가 기다리라는 신호와 함께 물 밖으로
빠르게 수영해서 나갔다. 그물망에 있던 고기들을 바닥에 모두
털어내고는 철삼이는 다시 물속으로 들어왔다. 낮에 그물을 쳐
놓고 수영하다가 저녁에 한 번, 아침에 한 번 그물에 걸린 고기를
바로바로 잡아먹는다. 그물을 정리하는 것도 힘들고, 바닷속 많은
돌들을 피해 수영만으로 다시 그물을 치는 것 자체가 힘들기
때문이다. 또 다른 이유는 낮에 알을 낳기 위해 해변으로 나온
고기들이 저녁에는 깊은 바다로 나가기 때문에 그물에 고기들이
수도 없이 많이 걸린다는 거다. 그중 돌메기들이 어마어마하게
잡힌다.

철삼이와 내가 물속에서 그물을 정리하는 동안 밖에 있던 국화와
청일이, 대혁이는 주변에 있는 나무와 돌을 모아 불을 피운다.
그리고 청일이가 미리 준비한 불판에 고기를 굽는다. 물에서 나온
나와 철삼이는 추워서 재빨리 모닥불 옆으로 다가간다. 행복하다
못해 황홀한 기분까지 들었다. 노릇노릇하게 익어가는 고기와
따뜻하게 녹아가는 몸 그리고 국화까지 있으니 부러울 것이

없었다. 대혁이, 철삼이, 국화, 광선이, 청일이 그리고 나까지 여섯 명이 모여 먹기 시작하자 돌메기는 한순간에 동이 났다. 어쩔 수 없이 철삼이와 나는 또 물에 들어가기로 했다. 그때 국화가 가위바위보를 해서 고기를 건져오자며 제안했다. 물에 들어가기 싫었는데 마침 잘됐다는 생각이 들었다.

"가위, 바위, 보!"
"아, 아쉽다."
"가위, 바위, 보!"
"아 대혁아, 늦게 내지 마!"

청일이가 재촉했다. 다시 한 번 '가위, 바위, 보'를 외쳤다. 그 순간 나는 내 손을 믿고 싶지 않았다. 다들 묵을 냈는데 나만 가위를 낸 것이다. 나 혼자 물속으로 들어갈 생각을 하니 앞이 캄캄했다. 실제로 눈앞에 보이는 바다는 금방이라도 나를 삼킬 듯 어둡고 고요했다. 나는 어쩔 수 없이 윗옷을 벗고 물가로 다가갔다. 그때 어깨를 잡는 이가 있었다. 철삼이였다. 철삼이는 언제 옷을 벗었는지 앞장서서 물속으로 들어가고 있었다. 철삼이의 행동을 보고 나도 용기를 냈다. 그렇게 침벙침벙 하는 물질 소리와 함께 우리는 또다시 그물망에 고기를 가득 담아와 온밤을 수다 떨며 또 하루를 보냈다.

매일 그런 날들을 보내면서 우리는 여유로운 방학을 보냈다.
오늘은 유난히 높게 보이는 하늘이 구름 한 점 없이 깨끗했다.
나는 일찍 아침밥을 먹고 바다로 향했다. 다른 친구들도 하나둘
바닷가에 모여 웃통을 훌훌 벗어 던지고는 물속으로 뛰어들었다.
한참을 재밌게 놀고 있는 사이 대혁이가 깊은 물까지 들어가서 잘
보이지 않았다.

"철삼아? 대혁이 안 보이는데? 들어가 보자!"

나는 수영을 잘하는 철삼이와 바닷속으로 뛰어들었다. 그러고는
빠르게 대혁이 쪽으로 다가갔다. 대혁이는 여유롭게 수영을
즐기고 있었다.

"야! 대혁아, 너무 깊다. 이제 나와!"

대혁이는 못 듣는 척하며 계속해서 깊은 물 쪽을 향해 수영을
했다.

"대혁아, 너무 깊다. 나와라!"

계속해서 나는 소리쳤다. 계속 수영을 했더니 지쳐서 더 이상
팔을 저을 수조차 없어 물에 뜬 상태로 대혁이에게 소리쳤다.
그때 철삼이가 대혁이에게 다가가 팔을 잡은 것을 보고 안심하며
해안가로 몸을 돌려 느릿느릿 나가고 있었다. 하지만 대혁이는
가까이 오고 있는데 철삼이는 여전히 멀리서 물 위에 떠 있었다.
순간 '무슨 일이 생긴 건 아니겠지?' 머릿속에 이상한 생각이
스쳤지만 철삼이가 물에서 못 나올 리 없었기에 걱정은 뒤로한 채
먼저 물 밖으로 나갔다. 그렇게 한참이 지났을까 대혁이는 조금씩
가까이 오는 것이 보였지만 철삼이는 여전히 깊은 바다에 있다.
늘 혼자 깊은 바다에서 수영을 즐기는 철삼이지만 오늘은 자꾸만
불안한 생각이 들었다. 그때 우리에게 거의 다가온 대혁이가
소리쳤다.

"야, 도와줘. 도와줘."

대혁이가 가쁜 숨을 몰아쉬며 가늘게 소리쳤다. 나는 다시
물속으로 뛰어들어 철삼이 쪽으로 향했다. 한참을 헤엄쳐 가던
중 이상하게 몸에 가속도가 붙는 느낌이 들었다. 멈춰 보니 이미

바닥에 발이 닿지 않는 깊은 곳이었고, 저 멀리 철삼이가 보이긴
했지만 너무 멀리 있었다. 순간 짙은 푸른색 바다가 무섭게
느껴지기 시작하면서 내가 감당할 일이 아니라는 생각이 머릿속을
스쳤다. 다급해진 나는 몸을 돌려 뭍으로 나가려고 했다. 하지만
바다는 계속해서 나를 뒤로 당기고 있었다. 그렇다. 이안류를
만난 것이다. 이안류를 가끔 만나긴 했지만 오늘처럼 위협을 느낀
적은 없었다. 한참을 헤엄친 다음에야 겨우 발끝이 바닥에 닿아
뭍에 도착했다. 안도의 한숨을 내쉴 시간도 없이 나는 모두에게
소리쳤다.

"경비대 불러!"
"청일아! 너는 농장 가서 어른들한테 알려!"

내가 할 수 있는 일이 하나도 없음에 무기력해지고 친구를 잃을까
하는 불안감에 한참을 뛰어다니며 한순간도 철삼이가 있는 곳에서
눈을 떼지 않았다. 그 순간 파도가 내 친구가 있는 곳을 덮쳤다.
그리고 한참이 지난 다음 철삼이는 얼굴을 물에 담근 채 검은색
머리만 물 밖으로 보이기 시작했다. 다리가 후들거려 움직일
수도 없었다. 한참 동안 철삼이는 수면 아래로 사라졌다 다시
나타나기를 반복하다가 결국 시야에서 사라지고 말았다. 그리고

나서야 도착한 경비선은 바다 이곳저곳을 헤집고 다녔지만 결국 철삼이를 찾지 못했다.

그로부터 3일 뒤 철삼이가 해변으로 떠밀려 왔다. 사고가 나고 한동안 나는 아무것도 먹지 못하고 하염없이 눈물만 흘렸다. 가슴에서 큰 게 도려져 나간 듯 허전하고 아프고 쓸쓸했다. 해변에서 발견된 철삼이는 비닐에 싸인 채 차에 실려 갔다. 우리 친구들은 모두 고개 숙여 울기만 했다.

'무엇 때문에 철삼이가 저렇게 됐지?'

그날 철삼이를 앞에 두고 아무것도 하지 못한 나 자신을 원망했지만, 3일 뒤 발견되어 차에 실려 가는 철삼이를 보면서 나는 또다시 아무것도 하지 못했다.

가을

할머니가 숯불다리미로 다려 주신 교복을 입고 대혁이네 집으로
향했다. 선생님이 내리신 특급 미션을 수행하기 위해서이다.
대혁이가 최근 학교에 잘 나오지 않아 매일 대혁이를 데리고
등교하는 것이 그것이다. 혹여 대혁이가 학교를 오지 않을
시에는 수업 중에도 암행어사처럼 대혁이를 데리러 가야 하기
때문에 그런 수고를 덜기 위해서라도 꼭 아침에 대혁이를 데리고
학교에 간다. 가끔은 일부러 안 데리고 갈 때도 있다. 왜냐하면
대혁이를 핑계로 수업에 빠질 수 있는 절호의 찬스를 얻을 수 있기
때문이다.

오늘은 평소보다 조금 일찍 준비하여 대혁이네 집으로 들어갔다.
대혁이네 대문을 열면 대혁이 엄마가 대혁이를 멀끔하게 옷을
입혀 나에게 인계한다. 대혁이 엄마의 모습은 마치 유치원에 어린
아이 맡기는 것 같은 표정이다. 졸지에 나는 유치원 선생님이
된 듯 대혁이와 함께 등굣길에 오른다. 대혁이는 지능이 살짝
떨어진다. 그래서 우리는 가끔 대혁이가 제출해야 할 소풍비나
교재비 이런 돈으로 사탕이나 껌, 유엔과자 같은 간식을 사 먹은

적이 있다. 하지만 대혁이 어머님은 이 사실을 모른 채 늘 나를
믿고 돈이나 각종 중요 서류들을 맡기신다. 그 때문인지 사실
대혁이 어머님 뵙기가 죄송할 때가 많았다. 오늘도 여전히 대혁이
어머님은 웃으시며 내게 대혁이를 부탁하셨다. 대혁이와 함께
어머님이 삶아 주신 밤을 까 먹으며 걷다 보면 어느새 학교에
도착한다.

교실에 들어오자마자 분단위원장인 국화는 아이들의 숙제
검사부터 한다. 다른 친구들은 대부분 숙제를 해 오지만 유독 나와
대혁이, 청일이, 광선이는 숙제를 안 해 간다. 사실 숙제를 안 하는
데는 이유가 있다. 숙제 검사 담당이 국화이기 때문이다. 국화는
매번 숙제를 안 해 가도 차마 뭐라 하지는 못하고 선생님이 오시기
전까지 자신의 숙제를 베끼라며 슬쩍 공책을 내게 넘겨준다.
그러면 나는 대혁이 공책에 대혁이 글씨체를 흉내 내 숙제를
대신 해 주고 내 숙제를 한다. 오늘도 늘 그랬듯 국화의 공책을
기다렸다. 하지만 국화가 냉랭한 표정으로 말했다.

"숙제 안 한 친구들 복도로 나가!"

국화는 나와 눈도 안 마주쳤다. 뭔가 찜찜한 기분이 들었다.

자존심도 상했지만 어쩔 수 없어 친구들과 함께 복도로 저벅저벅
걸어 나갔다. 그리고 한참 뒤 국화가 우리 앞에 섰다.

"오늘 너희 모두 남아서 숙제하고 선생님한테 검사받고 하교해."

국화는 단호하면서도 차갑게 말을 하고 곧바로 교무실로 향했다.
처음 보는 국화의 모습에 당황해 아무 생각도 들지 않았다. 하루
종일 국화와 나 사이에는 어색한 기류가 흘렀다. 국화가 왜
저러는지 이해할 수가 없었다.

'여자의 마음이란….'

선생님께서 종례를 마친 다음, 숙제 검사를 할 테니 모두 해
놓으라 하셨다. 하지만 매번 숙제를 베끼던 나와 친구들은 머리를
싸매고 수학 문제를 풀고 한자를 외워도 숙제를 끝내지 못했다.
결국 선생님은 기초도 모른다고 나무라시며 일대일 과외를
하다시피 오랫동안 우리를 붙잡아 두셨다. 평소 같으면 집에 가서
가방을 벗어 던지고 친구들과 백사장에서 레슬링할 시간인데, 그
시간에 학교에 있으려니 너무 답답했다. 그래서 나는 청일이와
작정하고 또 못된 짓을 꾸몄다.

"대혁아, 선생님이 너 먼저 집에 가래."

청일이가 먼저 운을 뗐다.

"어… 저… 그… 선생님이 너는 그만하고 내일 마저 하래."

나도 모르게 청일이의 장난에 동조했다. 대혁이는 방긋 웃으면서 잽싸게 가방을 싸고 운동장을 가로질러 집으로 갔다. 한참 뒤에 선생님이 들어오셨다.

"대혁이는 어디 갔어?"

"대혁이 집으로 갔는데요!"

청일이가 당당하게 말을 꺼냈다.

"저희가 데리러 갈까요?"

신생님은 매우 화난 표징으로 소리쳤다.

"당장 데려와!"

"네."

우린 겁먹은 표정으로 가방을 싸서 학교 밖으로 나왔지만 그 누구도 대혁이를 데리고 다시 학교로 돌아갈 마음은 없었다.

우리는 대혁이를 만나 여느 때처럼 동하리를 누비며 신나게 놀고 있었다. 겨울이 곧 시작되려는지 여름 같으면 해가 중천에 떠 있을 시간이지만 해가 금방 져서 날이 어둑어둑해지고 있었다. 날이 어두워지고 슬슬 배가 고파왔다. 우리는 약속이나 한 듯 주변을 살피고 눈짓으로 신호를 주고받으며 무서리를 시작했다.

집으로 가는 해안가에 방풍림이 조성되어 있었고 그 주변으로 무밭이 있는데, 이곳은 나와 친구들이 주로 무서리를 하는 활동 무대이다. 무서리를 하기 위해서는 먼저 무 농장 경비아저씨를 따돌려야 한다. 우리는 007을 능가하는 치밀한 작전을 세우고 친구들과 협공을 펼친다. 무 털기에 있어 작전만큼이나 중요한 또 하나의 요소는 체력이라고 할 수 있겠다. 빠른 손으로 무 잎을 신속하게 제거하고 무를 길가에 던지는 작업이 몇 초 안에

이뤄지는가가 관건이기 때문이다.

거의 매일 무를 털기 때문에 같은 작전은 잘 먹히지 않는다.
무 농장 경비아저씨를 속이기 위해서 매일매일 새로운 작전을
세워야 하는 것도 고충이었다. 평소에는 다 같이 대로에서 작전을
펼쳤지만 오늘만큼은 조금 특별하게 작전을 세웠다. 대혁이가
혼자 대로를 걸어가면서 아저씨의 위치를 살피고 아저씨가
없으면 두 팔을 높이 들고 만세를 해 신호를 보내기로 했다. 사실
대혁이가 망을 보는 데는 이유가 있다. 대혁이의 굼뜨고 말이
어눌한 점을 이용해 마을 어른들을 안심하게 만들 수 있는 것이다.
대혁이가 지나가면 어른들 누구도 의심하지 않는다. 그렇기
때문에 대혁이가 제일 앞에 서서 망을 보는 역할을 주로 수행했다.

그때 갑자기 대혁이의 팔이 하늘로 치솟았다.

"야, 들어가!"

내가 광선이와 청일이에게 소리쳤다. 나는 아이들에게 지시를
하고 바로 대혁이와 합류해 청일이와 광선이가 던져 주는
무를 받을 준비를 했다. 사실 나는 행동을 하기보단 뒤에서

조정하는 일을 담당했다. 청일이와 광선이가 무를 뽑아 사정없이 대로변으로 던지기 시작했다. 하지만 무가 잘 뽑히지 않았고 무잎과 무를 분리하는 것은 어른이 하기에도 벅찬 일이라 쉽게 되지 않았다. 더구나 이제 우리에겐 무서리 작전의 에이스 철삼이가 없다.

철삼이의 빈자리가 무서리에서도 크게 느껴졌다. 하지만 철삼이의 빈자리를 채우기 위해 우리의 작전도 한층 업그레이드되었다.

그때 멀리서 경비아저씨가 소리를 지르며 달려오기 시작했다. 이어 광선이와 청일이도 아저씨와 일정한 거리를 유지하며 우리가 있는 반대편으로 달리기 시작했다. 아저씨가 그 둘을 따라가는 사이 나와 대혁이가 무밭으로 들어가 편안한 마음으로 무를 원하는 만큼 뽑아 유유히 빠져나오고, 광선이와 청일이도 아저씨를 따돌린 다음 약속된 장소에서 만난다. 다시 모인 우리는 승리의 전리품을 입안 가득 물고 기쁨의 맛을 음미했다.

다음날 선생님이 대혁이를 앞으로 불러냈다.

"너, 어제 왜 도망갔어?"

대혁이는 당황한 표정으로 우리 쪽을 힐끗거렸다. 우리는
머릿속이 하얘지면서 손에 땀이 나기 시작했다. 선생님은
계속해서 대혁이를 다그쳤다.

"청일이랑 하룡이가 가라고 해서 갔어요."

선생님은 레이저를 뿜어내는 듯한 표정으로 거친 숨을 몰아쉬며
소리치셨다.

"다 나와!"

선생님은 교무실에 쌓여 있던 교편대 세 자루를 들고 오셨다.
그리고 한참 동안 콩 털이 하듯 우리 엉덩이를 내리치셨다. 그날
선생님이 준비한 교편대 세 자루가 모두 부러졌다.

그렇게 혼이 나고 한동안 우리는 각자 집에서 얌전히 있었다.
오랜만에 집에 붙어 있는 내가 이상한지 엄마는 자꾸 나가 놀라며
이상하리만큼 나를 밖으로 내보내셨다. 필요하지 않은 심부름도
시키고, 이사 가는 사람처럼 짐 정리를 하고 평소와는 너무도

다른 모습이었다. 더 이상한 건 처음 보는 사람들이 몰래 집에
와서 엄마와 아주 잠시 이야기를 하고는 주변 눈치를 보며 조용히
사라지는 것이었다. 이러한 이상 행동이 3~4일간 지속되더니
하루는 엄마가 등교하는 내게 고양이 담배를 주시며 말씀하신다.

"하룡아! 선생님께 이 담배 드리고 결석증을 받아 와!"
"엄마! 결석증은 왜?"
"그냥 조용히 하고 아무한테도 말하지 말고 조용히 결석증만 받아
  와!"
"왜, 어디 가려고?"
"응, 회령에 있는 고모 만나러 가야 하니까 통행증 받으려면
  결석증을 꼭 받아 와야 해!"
"네!"
"결석증 받으면 바로 집으로 와야 한다. 꼭!"

나는 학교 수업이 끝나고 선생님께 고양이 담배 한 갑을 드리며
결석증을 받아 왔다. 그날 저녁 엄마와 나는 내일 떠날 짐을
가볍게 준비하고 일찍 잠자리에 들었다. 엄마는 잠이 안 오는지
계속 뒤척이며 나에게 발을 걸어오셨나.

"하룡아, 자니?"

"아니. 왜?"

"하룡아, 우리 내일 고모 집에 안 간다."

"…?"

"우리 내일 남조선으로 떠난다."

나는 놀란 마음보다 다시는 못 볼 친구들 생각에 밤잠을 못
이뤘다. 다음날 아침 대혁이가 아침 일찍부터 우리 집에 왔다.

"아침부터 웬일이야?"

대혁이는 싱글벙글 웃으면서 말했다.

"오늘 너랑 놀고 싶어서."

"대혁아, 나 친척집에 다녀와야 하니까 저녁에 놀아 줄게."

"흐흐 알았어!"

나는 아이 다루듯 대혁이를 돌려보냈다. 이게 마지막이라는
생각에 처음으로 대혁이의 얼굴을 자세히 들여다보았다. 누가
봐도 착하게 생긴 대혁이는 고개를 끄덕거리면서도 나와 엄마가

가는 길을 웃으며 한참을 따라왔다. 마지막이라는 것을 아는 것처럼 따라오는 대혁이가 자꾸 맘에 걸렸다. 하지만 언제까지 따라오게 할 수는 없어 나는 맘에 없는 소리로 대혁이에게 소리를 쳤다.

"야! 이 새끼야, 집에 가!"

대혁이는 깜짝 놀라 그 자리에 멈춰 섰다. 그리고는 조금씩 멀어져 가는 우리가 보이지 않을 때까지 그 자리에 서서 지켜보았다. 왠지 대혁이도 이것이 나와의 작별이라는 것을 아는 듯싶었다.

형이 돌아왔다

글 · 그림. 김원일

형이 돌아왔다

우리 집은 다른 집들과 조금 다르다. 한국의 평범한 집에서는 미술전시회를 하지 않는다. 하지만 우리 집은 평범하지 않은 집이라서 2년에 한 번씩 식구들이 다 같이 미술전시회를 연다. 우리가 화가도 아닌데 미술관을 빌려서 직접 그린 그림을 건다는 것이 어색하고 이상하기도 하다. 하지만 그림을 잘 그리고 못 그리고를 떠나 진솔하게 표현한다면 사람들이 우리들의 이야기에 귀를 기울여 줄 것이라는 삼촌의 말에 진지하게 미술전시회에 대해 고민해 보았다.

"이번 미술전시회 주제는 '소통'이야."

우리 가족이 다 같이 거실에 모여 정한 이번 전시회 주제는 '소통, 우리가 생각하는 대로'였다.

'소통, 소통, 소통.'

그날 이후로 '소통'이라는 단어가 내 머릿속을 가득 채웠다. 어느

순간 문득 지금까지 살아오면서 '소통'하고 싶었던 사람들과 다시
이야기를 나눠 보고 싶다는 생각이 들었다.

"가면!"

나는 작품의 제목을 '가면'이라고 정했다. 그리고 이야기를 나누고
싶은 사람들의 가면을 만들기 시작했다. 가면을 쓰고 거울 앞에 선
나는 거울에 비친 내 모습을 보고 "아! 이거다."라는 생각에 더욱
바쁘게 가면을 만들기 시작했다. 하나둘 완성된 가면을 오리고
양쪽 끝에 끈을 달아 내 얼굴에 갖다 대고 끈을 묶었다. 그러자
거울에 비친 내 모습은 내가 아닌 다른 사람의 모습을 하고 있다.

고향 친구 남충이는 조금 검은 피부에 쌍꺼풀이 짙고 큰 눈이
트레이드마크인 친구이다. 통통한 체격이 듬직하고 입이 무거운
편이었다. 남충이를 시작으로 고향에서 어린시절을 함께 보낸
친구들이 한꺼번에 떠올랐다. 옛 추억을 떠올리며 미소를 짓다
보니 갑자기 악몽 같았던 한국에서의 기억이 떠올랐다.

그때는 한국 생활 3년 차 초등학생이었다. 5학년이었던 나는 우리
반 반장이 시비를 걸어오는 걸 뿌리치고 집에 가려고 했지만

화를 참지 못하고 그만 그 친구를 한 대 후려갈기고 말았다. 나와
반장이 싸우고 있다는 이야기를 전해들은 선생님께서 나와 반장을
불렀다. 나는 우리가 반성문을 쓰게 될 거라 예상했다. 하지만
선생님은 나에게만 반성문을 다섯 장씩이나 쓰게 했고, 반장은
그냥 돌려보냈다. 그날 나에게 시비를 건 반장보다 선생님에게
더 화가 났다. 왜 싸움이 났는지 전후사정도 안 들어 보고 부잣집
도련님인 반장은 잘 타일러 집으로 보내고 나만 반성문을 쓰게
한 그 못되게 생긴 아줌마가 생각났다. 5학년 때 담임선생님인 그
못된 아줌마 가면도 하나 그려 넣었다.

옛날 생각에 열이 받은 나는 냉수 한 잔으로 머리를 식히고
다시 그리운 사람들의 얼굴을 떠올리며 작업을 계속했다. 많은
사람들의 얼굴이 떠오른다. 부모님 직장 때문에 미국에서 살다가
한국에 온 민규는 친구가 없다는 공통점 때문인지 나와 참 잘
통했다.

'민규네 집에 자주 놀러가서 DVD 게임도 같이 하고 그랬는데….
그 녀석 잘 지내고 있을까? 참 고마웠어.'

서울에서 학교를 다니다가 안산으로 전학을 가게 되어서 민규랑은

계속 만날 수 없었다. 안산으로 전학 가 만난 새로운 친구들과
선생님들, 지금까지 살아오면서 만난 많은 사람들의 얼굴이
한꺼번에 떠오른다.

그러다 문득 떠오른 한 사람이 있었다. 바로 아버지 얼굴이었다.

아버지에 대한 추억은 그리 많지 않다. 내가 기억하는 어릴 적
아버지의 모습은 새벽에 우는 수탉보다 일찍 일어나 부엌에서
밥을 짓는 모습이다. 아버지는 성격이 원래 무뚝뚝해서 우리
형제에게 늘 무뚝뚝하게 대하셨다. 어느 날 아버지가 밥을 지어
놓고 출근했을 때의 일이다. 그날 하루 종일 나와 형은 집에서
단둘이 집을 보고 있었다. 그날따라 우리는 너무 배가 고파서 밥
가마의 뚜껑을 열어 젖혀 놓고 아버지가 오기를 기다리며 밥에
들어간 콩을 한 알 한 알 먹기 시작했다. 형과 나는 그렇게 한 알씩
먹다가 어느새 손으로 마구 집어 먹기 시작했다. 그러다 보니 어느
순간 밥 가마에 들어 있던 밥이 채 1인분도 남지 않게 되었다.
우리는 불안한 마음에 손톱을 물어뜯으며 아버지가 오기를
기다렸다. 드디어 아버지가 돌아오셨고 우리는 그날 아버지에게
엄청 두들겨 맞고 발가벗겨진 채 집 밖으로 쫓겨났다. 그때는 정말
심각했는데 지나고 보니 그것도 재미난 기억이다.

아버지가 아무리 우리에게 무뚝뚝하고 엄하게 대하셨어도
지금 나에게 아버지는 '아버지'라는 세 글자만으로도 울컥하게
하는 존재이다. 아버지를 생각하면서 잠시 눈가가 촉촉해졌다.
하지만 아버지 생각에 잠겨 있는 것도 잠시였다. 왜냐하면 함께
발가벗겨진 채 쫓겨났던 형의 얼굴이 떠올랐기 때문이다.

"하하하하하. 근데 그때 진짜 웃겼어!"

그날 나는 형의 가면을 쓰고 보고 싶은 형과 한참 대화를 나눴다.
웃을 때면 눈이 아래로 축 처지고 약간 벌어진 앞니가 보여 한없이
착해 보이는 형이었다. 두 살 위인 형은 키가 나보다 두 뼘은 더
컸고 스케이트도 잘 타는, 못하는 것이 없는 형이었다. 그런 형과
이별하게 되었을 때 눈물이 말라 더 이상 나오지 않을 정도로 펑펑
울었다.

"형, 안녕! 아, 이게 얼마 만이지?"

거울 속의 형은 아무 말 없이 나를 바라만 볼 뿐이다.

"이렇게 마주 보고 있으니까 그때 생각난다."

내 눈가에 눈물이 차오르는 것을 느끼는 순간, 거울 속 형의
눈가에도 눈물이 맺혔다. 나는 잠시 고개를 숙였다가 다시 말을
걸었다.

"기억날지 모르겠네. 우리 두만강에 고기 잡으러 갔다가 내 발에
 유리 조각 박혔었잖아?"

거울에 비치는 형은 아무 말 없이 그저 날 바라보고 있다.

"으으. 그때 진짜 아파 죽는 줄 알았는데. 히히."

햇볕이 뜨겁게 내리쬐던 주말, 형과 나는 늘 놀던 우리의 놀이터
두만강으로 향했다. 수심이 얕고 더러운 흙탕물이어서 물속이
잘 보이지는 않았지만, 그래서 더욱 물속에 호기심이 생겼다.
나와 형은 그 더러운 흙탕물 속으로 우리의 보물을 찾아 모험을
떠나기로 했다.

"형아! 고기 잡으러 가자."
"꼬모배, 칭고에서 반두 가꾸오라. 가자!"

형의 힘찬 대답을 듣고 나는 창고에서 반두를 찾아 어깨에 메고 형 뒤를 졸졸 따라갔다. 나는 형과 고기를 잡으러 간다는 마음에 너무 기뻤지만 티는 내지 않았다. 6백 미터 정도를 마구 달려 두만강 둑에 도착했다. 저 멀리서부터 두만강 둑까지 바람이 '쏴쏴' 불어와 내 머리부터 발끝까지 휘저어 놓고 지나간다. 두만강은 어린 나에게 꽤나 큰 곳이었다. 그곳은 우리 남양구 아이들의 전쟁터가 되기도 했고, 어떤 날은 수영장이, 또 어떤 날에는 생계의 터전이 되기도 했다.

그날도 남양구 아이들은 삼삼오오 두만강에 모여 한쪽에서 수영을 하며 물놀이를 하고 있었다. 다른 한쪽에는 햇볕을 맞는 아이들이 보이고, 나뭇가지를 엉성하게 엮어 만든 군복을 입고 나뭇가지 총으로 "탕! 탕!" 소리를 내면서 한창 전쟁놀이 중인 아이들이, 강 상류에는 반두를 가지고 고기를 잡으러 두만강으로 나오는 사람들이 보였다. 강 한가운데에는 군인아저씨들이 총을 메고 보초를 서고 있었다.

"형아! 빨리 내려와 고기 잡자!"
"저쪽에 가자. 형이 저쪽 기슭에다 반두 댈게.
 니가 발로 막 휘저어라."

나는 형 말을 듣고 발을 동동 구르며 마구 휘저어댔다. 그런데
이게 웬일인가. 발바닥에서부터 뭔지 모를 서늘함이 온몸을 타고
올라와 내 정수리를 찍고 다시 발바닥을 내리쳤다. 당연히 내 눈은
그 서늘함을 따라 발바닥으로 향했고, 이내 발에 박힌 유리병
조각을 보게 되었다.

"혀엉!"

내가 울음을 터트리자 형은 나를 업고 물 밖으로 나가 밥조개풀을
캐다가 이로 몇 번 씹더니 내 발에 발라 주었다. 그러고는 양말을
신기고 나를 등에 업고 냅다 달리기 시작했다.

나는 형과 늘 싸우고 형에게 자주 대드는 편이다. 그러다 내가
불리해지면 엄마 뒤에 숨어 "엄마, 형이 때려." 하며 일러바치곤
하는데, 그때마다 형은 화가 머리끝까지 나서 벽이나 땅을 치며
분을 삭였다. 늘 얄미운 짓만 하는 나를 형이 이렇게까지 생각할
줄은 몰랐다. 나를 미워하는 줄로만 알았다. 그런데 내가 혹시
잘못될까 싶어 발을 동동 구르는 형을 보고 나는 더더욱 서글프게
울었다.

순간 정신을 차리고 보니 거울 앞에 앉아 형의 가면을 쓰고
울고 있는 내가 보인다. 마치 형의 등에 업혀 병원으로 가던
그날처럼 말이다. 거울 앞에 앉은 나는 초라한 모습이다. 미술작품

만든다더니 있지도 않은 형과 대화를 하고 심지어 눈물까지
흘리고 있지 않은가. 다른 사람이 보면 정말 미친 사람이라 여길
것 같아 서둘러 눈물을 훔쳐냈다. 그래도 기분은 좋았다. 세월이
흐른 지금까지도 형과의 추억을 기억할 수 있어서.

우리의 미술전시회는 대성공이었다. 삼촌 말대로 많은 사람들이
우리 이야기에 귀 기울여 주었다. '사람들이 비웃지 않을까?'
걱정했던 내 작품 '가면' 역시 많은 사람들이 관심을 가져 주었다.
내가 그랬던 것처럼 사람들은 가면을 하나씩 쓰고 소통하고
싶었던 거울 속의 누군가와 대화를 나누었고, 가면을 쓰고 대화를
나누던 한 수녀님께서는 그 자리에서 눈물을 쏟아내셨다.

간절히 원하면 이루어진다는 말을 실감하게 된 것은 그로부터
몇 달 후의 일이었다. 봉사활동이라는 단어가 익숙하지도 않고,
관심도 없었던 나는 처음으로 '꽃동네'라는 곳으로 봉사를 가게
되었다. 꽃동네는 다양한 사람들이 다양한 이유로 모이는 곳이다.
그곳에서 많은 사람들을 만나 보고 내가 직접 몸이 불편한
사람이 되어 불편함을 느껴 보는 체험도 했다. 여러 가지 체험
중 지금까지도 강렬한 기억으로 남은 체험이 있다. 바로 '죽음'을
체험하는 것이었는데, 미리 유서를 써 보고 관에 들어가는

것이었다. 그때 나는 유서에 '다시 태어나면 형과 절대로 떨어지지 않을 것이다. 형이 보고 싶다.'라고 적었다. 그렇게 죽음 체험을 하고 난 다음날 거짓말처럼 삼촌에게 전화 한 통이 걸려왔다.

"여보세요. 누구시죠?"
"국정원인데요. 김원일 군 보호자 맞나요?"
"네, 그런데요? 무슨 일이시죠?"

갑자기 걸려온 국정원 전화에 당황한 삼촌 목소리가 초조한 듯 떨린다.

"김원일 군의 형이 김원혁 군 맞나요?"
"네! 네. 맞는데요. 왜요?"
"아, 김원혁 군이 지금 국정원에서 조사를 받고 있는데요. 김원일 군의 형이라고 해서 확인차 전화했습니다."

전화를 끊은 삼촌이 내게 믿기지 않는 얘기를 했다.

"원일아! 지금 네 형이 한국에 왔대."

삼촌이 말도 안 되는 소리를 해서 나를 놀리는 줄로만 알았다.

"진짜?"

나는 속으로 사실일 리 없다고 생각하면서도, 무언가 알 수 없는
두근거림으로 내 심장이 쾅쾅대는 걸 느꼈다.

'아, 내가 꿈을 꾸고 있는 거구나. 이 꿈, 조금만 더 꾸고 싶다.
조금만 더 꿈을 꾸면 형을 볼 수 있지 않을까?'

나는 꿈에서라도 형을 만날 수 있다는 생각에 기분이 좋아졌다.
그렇게 기분 좋은 상상을 하고 있는데 삼촌이 멍하니 서 있는 나의
볼을 꼬집었다.

"아! 아프잖아."

나는 그제야 정신이 번쩍 들었다. 지금 이 상황은 상상도 아니고,
꿈도 아닌 실제 상황이라는 사실에 눈가에 고여 있던 눈물이
또르르 볼을 타고 흘러내렸다. 형이 한국에 왔다는 소식이
진짜라는 것을 자각한 나는 그날 밤 형과 어쩔 수 없이 헤어져야만

했던, 내가 아무것도 몰라서 헤어질 수밖에 없었던 열 살 때를
떠올렸다.

그때 나는 너무 어렸다. 엄마가 금야에 계시는 외할아버지 댁에
간다고 며칠 전부터 형과 나에게 말했었다. 나는 엄마가 신신당부
한 대로 수업이 끝나자마자 집으로 왔지만 멀리 노동지원을
나갔던 형은 시간이 지나도록 오지 않았다. 날이 어두워질
때까지 형이 오기를 기다렸지만 형은 끝내 오지 않는데, 평소와
다르게 엄마는 굉장히 불안하고 초조해 보였다. 그때서야 나는
본능적으로 알았다. 지금 이곳을 떠나면 다시 돌아올 수 없다는
것을. 그렇게 밤이 되었고 엄마와 나는 두만강을 건넜다. 10월의
두만강은 굉장히 추웠고, 이 강을 건너면 형을 다시는 볼 수 없게
된다는 사실도 잊을 만큼 무서웠다. 그렇게 무사히 강을 건너 중국
땅을 밟았다. 그로부터 며칠이 지났다. 나는 두만강을 건널 때는
눈물을 흘리지 않았었다.

'왜일까?'

형과 작별인사 한마디 하지 못하고, 얼굴도 보지 못한 채
헤어졌는데, 이렇게 슬픈 상황에서 왜 눈물이 한 방울도 나오지

않았는지 이상했다. 그렇게 몇 주가 더 지나고 나서야 그때 왜
울음이 안 났는지 알 수 있었다. 이곳은 중국이고 나는 지금
탈북을 했다. 그리고 그곳에서 들키면 죽을 수도 있다는 두려움에
눈물이 안 났던 것이다. 두려움이 덮어버렸던 슬픔이 서서히
가슴속에 차오르자 중국을 떠나기 7일 전쯤부터 나는 봇물이
터지듯 눈물을 쏟아냈다. 방에 틀어박혀 밤낮으로 울기만 했다.
엄마에게 떼를 쓰면서 다시 북한으로 가고 싶다고 했다. 형이 너무
보고 싶다고 아버지가 너무 보고 싶다고. 제발 날 북한으로 다시
데려다 달라고 애원했다. 그렇게 일주일을 울고 나니 이젠 남아
있는 눈물이 없어서인지 더 이상 눈물이 나오지 않았다.

지금도 생생하게 떠올릴 수 있는 그때의 기억들 속에서
허우적대다 스르르 잠이 들었다.

형과 면회를 할 수 있는 날까지 두 달이라는 긴 시간을 더
기다려야 했다. 하지만 형이 한국에 와 있고, 다시는 못 볼 것
같았던 형을 만날 수 있다고 생각하니, 두 달은 바람이 나뭇가지에
앉았다 가는 것만큼 빠르게 지나갔다.

드디어 형과의 면회가 있는 그날이 왔다. 어린시절 형과

두만강에서 고기를 잡던 그날처럼 햇볕이 뜨겁게 내리쬐는
주말이었다. 형과의 만남을 준비하며 형이 어떤 모습일지 상상해
보았다. 어렸을 때의 형은 나보다 키도 몸도 컸다. 내가 가장 믿고
의지하는 형이었기 때문에 지금도 그런 듬직한 모습일 거라고,
그건 당연하다고 생각했다. 말로는 표현할 수 없는 무언가가
자꾸만 내 심장을 두드렸다. 이제 곧 형과 마주 서게 된다. 형과
마주 본다는 사실이 기쁨이라는 감정 말고도 여러 가지 감정에
휩싸이게 했다. 길다면 길고 짧다면 짧은 4년의 공백이 형과의
만남을 어색하게 만들고 있었다.

드디어 문이 열렸다. 문이 열린 그 틈으로 형이 모습을 드러냈다.
키가 나보다 작은 탄탄한 체격의 못생긴 사람이 내 앞에 간격을
두고 서 있다. 그때 형의 동작 하나하나가 영화 속 슬로우
모션처럼 보였고, 그런 형의 첫인상은 내게 한없이 낯설기만 했다.

'이 사람이 진짜 우리 형이라고?'

내 눈은 어린시절 슈퍼맨처럼 커 보였던 우리 형의 흔적을 찾느라
바삐 움직었다. 형의 눈빛 역시 당황스러움이 역력했다. 형 역시
자기보다 훌쩍 커버린 동생을 보고 뭐라고 해야 할지 망설이고

있는 듯했다. 순간 내 눈에 들어온 것은 형의 넓은 어깨였다. 키는
나보다 작았지만 넓은 어깨에 다부진 몸은 그대로였다. 발을 다친
동생을 들쳐 업고 동네까지 한달음에 달려갔던 그 어깨를 나는
알아보았다.

"형!"

그토록 부르고 싶었던 말.

"형…."

한참의 정적이 우리 둘 사이에서 맴돌았다.

"원일아!"

형의 대답 뒤 또다시 찾아든 정적. 1초, 2초, 3초….
우리는 그대로 멈춰 서 있고 시간만 계속 흐르고 있었다. 그렇게
몇 분의 시간이 흘렀지만 그렇게까지 시간이 지났는지 느끼지
못했다. 4년 동안 보지 못한 만큼 형의 모습을 충분히 보고
싶었다. 우리는 그렇게 서로를 응시하면서 가만히 서 있었다. 그

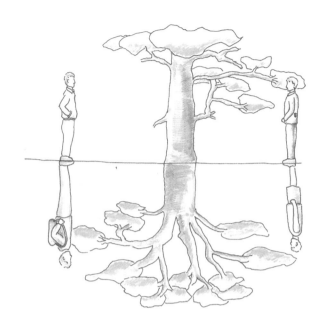

몇 분의 기다림은 서로가 얼마나 그리웠는지, 그 마음을 알아가는 시간이었다. 나는 그때 내 몸의 모든 세포 하나하나가 살아서 꿈틀거리고 있는 듯한 느낌을 받았고, 그 순간 서로를 응시하던 눈에 눈물이 고이기 시작했다. 하지만 우리는 눈물을 흘리지 않았다. 아니 흘리지 않으려고 안간힘을 다해 버텼다. 누가 먼저랄 것도 없이 형과 나는 동시에 달려와 서로를 와락 끌어안았다. 4년 만에 다시 만난 형은 나를 끌어안은 채 소리 없이 눈물을 흘리느라 몸을 들썩였다. 나의 슈퍼맨, 형이 돌아왔다.

행복한 상상

글. 이억철
그림. 김태훈

행복한 상상

1.

정교하게 서까래 균형을 맞추던 억철이 허리를 펴고 공사현장을
둘러본다.

5백 평 규모의 그리 크지 않은 공사지만 억철이 처음으로 맡은
한옥 공사라 작은 것 하나 신경 쓰이지 않는 것이 없었다.
그야말로 혼신을 다해 작업에만 몰두하느라 집에 못 들어간
지도 어느덧 두 달이 넘어간다. 작업을 마치고 허름한 숙소에서
서너 시간 쪽잠을 청할 때마다 억철은 가족들 생각에 가슴이
허해지지만 이번 일을 성공적으로 마치고 멋진 가장의 모습으로
돌아가겠노라고 다짐하곤 했다. 가족에 대한 그리움 때문인지
억철의 귀에 낯익은 딸의 목소리가 들려왔다. 환청인가 싶어
주위를 둘러보니 저 멀리에 반가운 얼굴이 보인다.

"아빠!"

억철에게 어떻게 저런 딸이 나왔지 싶을 만큼 애교가 넘치는

막내딸이 멀리서부터 아빠를 부르며 달려오고 있다.

"그러다가 넘어지겠다."

억철도 딸의 애교가 싫지 않지만 괜히 타박을 한다.

"아빠, 정말 멋지다! 이렇게 멋진 집은 처음 봤어."

제일 먼저 달려온 막내딸은 집 구경에 정신이 없고, 이른 사춘기가
왔는지 초등학교 5학년 아들 녀석은 아빠 얼굴은 보지도 않고 귀에
이어폰을 꽂은 채 땅만 보고 걸어오고 있다.

어느새 가까이 다가온 아내가 볼멘소리를 한다.

"남의 집 짓느라 바빠서 우리 집은 언제 지으려나 모르겠네."
"연락도 없이 웬일이야?"
"막둥이가 아빠 얼굴 까먹을 것 같다고 해서 왔지."
"녀석…. 근데 저 녀석은 나 보러 온 거 맞아?"

인사는 하는 둥 마는 둥 하고 한옥 대청마루에 걸터앉아 여전히

스마트폰에 얼굴을 파묻고 있는 아들 녀석이 억철은 영 마음에 들지 않는다. 뭐라 한 소리 하려다 꾹 참고 마음을 다스려 본다.

억철은 고등학교를 졸업하고 스스로 세웠던 계획을 누구의 도움도 받지 않고 하나하나 이뤄냈다. 어릴 때부터 가장 중요하게 생각했던 것이 행복한 가정을 꾸리는 일이었다. 한 가족으로 태어났지만 엄마는 중국에 계시고, 형과는 같은 한국 땅에 있으면서도 떨어져 살아야 했던 그런 슬픔을 되풀이하고 싶지 않았다. 학창시절 버스나 지하철에서 어린아이들만 봐도 '커서 결혼을 하면 저런 귀엽고 예쁜 애들을 낳아야지.' 하는 생각을 했었다. 어린시절 겪은 고생을 보상이라도 받듯 스무 살 이후 억철의 삶은 평탄하게 흘러갔다. 꿈꿔 왔던 대로 결혼도 했고, 아이도 아들, 딸 하나씩 낳아 밥 굶기지 않고 잘 키우고 있다. 아직 가족이 함께 살 멋진 한옥을 손수 짓겠다는 꿈은 이루지 못했지만, 한국 장인들이 모여 실력을 겨루는 한옥기능경기대회에서 입상을 하며 실력을 인정받았다. 그 덕에 한옥 전문 기업을 차려 첫 작업을 독자적으로 맡아 하고 있으니 바쁘게 앞만 보며 달려온 보람이 있었다.

"이번 가족 여행은 못 가는 거죠?"

"어…. 아무래도 일이."
"쟤 저렇게 심통 나 있는 거 이해해 줘요. 여행, 엄청 기대했던
모양인데."

아들 녀석이 이곳까지 와서 내게 말 한마디 건네지 않는 이유가
그것이었다.

"누굴 닮았는지 어릴 때부터 바다 가는 거 얼마나 좋아했어요?
당신은 일 때문에 안 되니까 우리끼리라도 가까운 데 바람 쐬고
오면 돼요. 당신은 신경 쓰지 말아요."

아내의 말이 고마우면서도 억철은 '내가 누구 때문에 이 고생을
하는데 그 마음을 몰라주나?' 싶어 아들에게 섭섭한 마음도
들었다. 안 그래도 '처음 맡은 한옥 작업을 성공적으로 해내야
한다'는 압박감에 스트레스가 이만저만이 아닌데, 어째 가족들까지
억철을 옥죄어 오는 것만 같았다.

'내 자식 키우기도 이렇게 힘든데, 삼촌은 어떻게 피 한 방울 안
섞인 우리들을 키웠을까?'

억철은 생각의 끝자락에서 문득 삼촌을 떠올렸다. 억철이
결혼해서 아이들을 낳아 키우는 모습을 보고 누구보다 뿌듯해
한 사람도 바로 삼촌이었다. 그런 삼촌 얼굴을 본 게 너무도
까마득해 생각해 보니 요즘 들어 전화 통화조차 하지 못했다는
생각에 미안한 마음이 몰려왔다. 억철은 이번 공사를 끝내는 대로
아이들을 데리고 삼촌에게 가 봐야겠다고 마음먹으며 자리를 털고
일어났다.

"아빠, 아빠! 군성이 삼촌말이야. 텔레비전에 나왔어."

"군성이가?"

"무슨 영화를 찍었대. 주인공은 아니고 주인공 친구인데 지금
인터넷 스타야! 발연기 짱이라고 사람들이 난리가 났어!"

"무슨 소리야?"

"군성이 삼촌, 얼굴은 잘생겼는데 아직도 사투리 억양이 있잖아요.
그건 평생 못 고치나봐. 표준말을 한다고 했는데 살짝살짝 어색한
거지. 당신 영화 찍었던 그 감독님이 새로 만든 영화인데, 옛정을
생각해서 한 번 출연시켜 준 모양이더라고요. 근데 완전 엉뚱하게
떴다네요."

"나 참. 강군성이 그렇게 TV에 나오고 싶어하더니 소원 이뤘네."

이때 눈도 안 마주치고 스마트폰만 쳐다보고 있던 아들 녀석이
조용히 자기 스마트폰을 억철에게 내밀었다.

"여기, 군성이 삼촌."

아들이 내민 스마트폰 속에는 군성이의 발연기 모음 동영상이
돌아가고 있었다. 우리 가족은 함께 그 영상을 보며 배꼽이 빠져라
웃었다. 덕분에 아들 기분도 좀 풀린 것 같아서 억철의 마음도
한결 가벼워졌다.

그렇게 가족들을 돌려보냈어야 했는데, 하룻밤 자고 가게
해달라고 매달리는 막내딸의 애교에 넘어가 숙소에 자리를 펴 준
것이 화근이었다. 아이들은 함께 밤을 보내며 아버지를 설득해
가족 여행을 성사시키고자 하는 나름대로의 목적이 있었던
모양이다.

"아빠, 우리 정말 여행 못 가는 거야?"

평소 애지중지해 온 막내딸이지만 일단락됐다고 생각한 여행
얘기를 다시 꺼내자 억철은 순간 짜증이 밀려왔다. 연락도 없이

찾아온 가족들이 처음에는 반가웠지만, 억철은 시간이 흐를수록
오늘 해야 할 일을 다 마치지 못한 것이 내내 마음에 걸리던
참이었다.

"안 돼. 일 때문에 어렵다고 했잖아."

"아빠, 이번 여행은 그냥 가면 안 돼요? 학교에 체험학습 간다고
  신청도 해 놨고, 친구들한테 자랑도 다 했단 말이에요."

"너희들 이렇게 아빠 일 방해할 거면 다시는 여기 오지 마! 넌
  동생이 어리광을 부리면 말릴 생각을 해야지, 다 큰 녀석이
  아직도 그렇게 철이 없어?"

"여보, 애들도 속상하니까 그러잖아요? 그렇게까지 화낼 필요가
  있어요?"

아빠의 화난 모습을 처음 본 막내딸은 놀라서 울음을 터뜨렸고,
어렵게 마음을 열었던 아들은 서러움이 북받쳐 닭똥 같은 눈물을
뚝뚝 떨궜다. 순간의 화를 참지 못하고 아이들의 눈물을 보고 만
억철은 한동안 뒤척이며 잠을 이루지 못했다.

2.

새벽 녘에야 겨우 잠이 들었는데 요란한 전화벨 소리에 잠이 깼다.
주영이에게서 걸려온 전화였다. 잠결에 들은 주영이의 말을 나는
도무지 믿을 수가 없었다.

"삼촌이 돌아가셨다고?"

놀란 마음으로 허둥지둥 장례식장으로 향했다.

성장해서 각자 흩어져 살던 우리들을 삼촌은 그렇게 다시 한
자리로 모이게 했다.

삼촌이 이렇게 빨리 세상을 떠날 줄은 상상도 못했다. 장례식장에
도착해 주위를 둘러보니 원일이와 철진이를 비롯해 대부분이 먼저
와 있었다. 우리는 이 사실을 믿을 수 없어 한동안 아무 말도 하지
못했다. 며칠 전까지도 삼촌을 본 원일이는 넋이 나간 사람처럼
멍하니 있고, 소식을 듣자마자 달려왔는지 가장 먼저 온 철진이는
혼자 자리를 차지하고 앉아 몇 시간째 술만 마시다가 잠이 들었다.
양평에서 펜션을 운영하고 있는 철진이는 밤늦게까지 일을 하고
있었을 텐데도 연락을 받고 가장 먼저 장례식장으로 달려왔단다.

철광이, 주영이, 권이 그 꼬맹이들은 어느새 장정이 돼서 척척 문상객들을 받고 있었다. 철광이는 어릴 때부터 책을 좋아하더니 나이 서른이 넘어서까지 공부를 하고 있다고 한다.

'우리 집에도 박사가 나오려나 보네.'

흐뭇함에 미소가 절로 지어졌다. 그리고 권이는 그 조각 같은 얼굴 덕분인지 인기 있는 안보 강사가 되었다. 처음 왔을 때부터 고향 얘기 하는 걸 좋아하더니 여전한가 보다. 주영이는 우리 가족 '최초'의 명맥을 잇게 되었다. 북한이탈주민 최초로 경찰이 되었다.

'그 까불기만 하던 녀석들이….'

원일에게서 그동안의 집안일들을 한참 동안 전해 듣고, 나는 멋지게 성장한 동생들을 한동안 가만히 바라보았다. 그간 집에 무심했다는 자책감에 아무 말도 할 수가 없었다. 내 꿈을 이루는 것이 결국 우리 가족 모두에게 좋은 일이라고 생각하며 현재가 아닌 미래만 바라보며 달려왔던 지난시간들이 후회가 됐다.

'왜 자주 삼촌을 찾아오지 않았는지.'

'동생들의 기쁜 소식에 왜 항상 한 발 물러서 있었는지.'
'힘들 때 왜 손을 내밀지 않고, 형제들의 일에 관심을 두지
않았는지.'

모든 것이 후회가 됐다.

그때 군성이가 눈물 콧물 범벅이 된 얼굴로 장례식장 안으로 뛰어
들어왔다.

"삼촌! 삼촌!"

군성이의 오열이 장례식장을 가득 채웠다. 낮에 본 군성이의
발연기 영상과는 전혀 다른 진심이 묻어나는 울부짖음이었다.

"살아계실 때 잘하지 돌아가시고 나서 그러는 게 무슨 소용이야!"

순간, 장례식장이 얼어붙은 듯 고요해졌다.
언제 왔는지 하룡이가 굳은 표정으로 서 있었다. 어딘가에 숨어서
울다 왔는지 두 눈은 충혈돼 있었지만 자존심을 지키려는 듯
사람들 앞에서 눈물을 보이지는 않았다.

"의원실에 연락 넣은 게 언젠데 한진범은 아직 안 온 거야?"

"요즘 한창 바쁠 때지…."

원일이가 진범이 편을 들어준다는 것이 오히려 하룡의 화를
돋웠다.

"삼촌이 돌아가셨는데 이것보다 더 중요한 일이 어디 있어!"

하룡이와 삼촌의 관계는 누구보다도 특별했다. 우리 모두를
가족으로 묶어 준 장본인이 하룡이다. 열 살 때부터 삼촌과 함께
살아 온 하룡은 누구보다도 삼촌을 빼다박았다. 속은 여리면서도
겉으로는 센 척하는, 누가 봐도 삼촌의 모습 그대로다. 우리
가족은 예전부터 영화도 찍고, 방송에도 출연하면서 많은
사람들의 관심을 받아 왔다. 그중 하룡이는 삼촌과의 극적인 인연
탓에 가장 큰 주목을 받았다. 삼촌이나 다른 사람들의 바람대로
하룡이는 고등학교 때 전국중고생봉사대회에서 대상을 타서
한국 대표로 미국에 다녀오기도 했고, 무슨 일이든 열심히 그리고
잘 해냈다. 그래서 많은 사람들이 하룡이는 무난하게 대학에 길
것이라고 예상했다. 하지만 예상과 달리 하룡이는 몇 번의 아픔을

맛보아야 했고, 재수 끝에 들어간 대학 생활도 평탄하지 못했던 모양이다. 방황하고 있던 하룡을 다시금 바로잡아 준 것 역시 삼촌이었다. 대학 졸업 후 삼촌 추천으로 들어간 중소기업에서 능력을 인정받아 대기업에 스카우트 제의를 받았고, 지금은 팀장 승진을 앞두고 있다고 한다.

"넌 그 성질머리 언제 고칠래!"

원일이가 하룡이를 말렸다. 하지만 나는 이상하리만치 방방 뜨며 화를 내는 하룡을 보며, 하룡이 삼촌에 대한 미안함을 주체할 수가 없어 화로 표출하고 있다는 것을 짐작할 수 있었다. 나 역시 하룡과는 반대로 미안함에 아무 말도 할 수 없었기 때문이다.

원일이가 있어서 참 다행이라는 생각이 들었다. 내성적인 원일이를 보고 사람들은 '제 앞가림은 하겠냐'며 걱정을 하곤 했다. 하지만 어쨌든 우리가 성장해 삼촌 곁을 떠나갈 때도 끝까지 남아 삼촌 일을 돕고 그룹홈과 법인을 이어받아 운영해 온 것이 원일이었다. 결과적으로는 그랬지만, 원일이라고 삼촌 속을 안 썩인 것은 아니다. 고등학교 졸업하자마자 여자한테 빠진 원일이가 집을 나갔다가 몇 달 만에 돌아와 한바탕 난리가 났었지만, 그때 역시 나는 한 발 물러서 구경하는 입장이었다.

'그때는 한옥전문가 자격증을 따는 것이 절실했었어.'

다시 한 번 내 입장을 합리화시키는 나다.

그때 밖에서 시끄러운 소리가 들려왔다. 진범이의 수행원들이 근조 화환 몇 개를 들여오고 있었다. 일사불란한 움직임으로 화환들이 보기 좋게 나열됐고, 그제야 진범이가 검정 양복의 옷매무새를 만지며 나타났다. 옷깃에 달린 금배지가 눈에 확 띄었다.

진범이는 나이가 들어도 귀엽게 생긴 인상에는 변함이 없었다. 아직도 아이같이 해맑은 인상의 진범이가 국회의원이 된 것이 믿기지 않는다. 중학생 때 전교학생회장으로 선출이 돼 삼촌을 기쁘게 했던 진범이는 보수적이기로 유명한 철원 지역에서 출마해 국회의원으로 당선되었다. 진범이는 최초로 전교학생회장이 되었듯, 투표를 통해 선출된 북한이탈주민 최초의 국회의원이다. 선거가 진행될 때 삼촌은 진범이의 최고 참모 역할을 했다. 20년 전부터 철원에 터를 잡고 사회적기업 '철문열다'를 이끌어

오던 삼촌의 적극적인 지지 활동이 없었다면 좋은 결과를 얻기 힘들었을 것이다. 삼촌은 모든 것을 걸었던 '철문열다'를 창립 멤버들에게 맡기고 선거운동에만 매달렸다고 한다.

"그 금배지, 삼촌 아니었으면 니가 달 수나 있었는 줄 알아!"

누가 말릴 틈도 없이 하룡이 진범에게 주먹을 날렸다.

"형은 뭐, 삼촌 도움 안 받고 산 줄 알아?
 누가 보면 자수성가한 줄 알겠네!"
"뭐야 이 자식아!"

둘의 몸싸움은 한동안 지속됐고, 형제들과 수행원들이 뜯어말리고서야 겨우 마무리됐다.
삼촌 살아생전에는 형제들끼리 이렇게 치고 박고 싸운 적이 없었다. 머릿속이 복잡했다.

'왜 하필 삼촌 장례식장에서 이런 싸움을 보여서 삼촌 망신을 시키는 걸까?'

그때 누군가 외쳤다.

"이게 다 삼촌 때문이야!"

아직도 화를 삭이지 못하는 하룡과 진범, 다른 형제들이 침묵하고 있는 가운데 군성이가 입을 떼자 시선이 그쪽으로 확 쏠렸다.

"삼촌이 오래오래 살아야지, 이렇게 일찍 죽어서리….”

군성이 울음을 터뜨리자 철광이, 권이, 주영이가 따라 울기 시작하면서 울음바다가 됐다. 이를 악물고 참고 있던 하룡이와 진범이도 결국엔 꺽꺽거리며 눈물을 쏟았다.

3.

장례를 치른 후, 우리들은 다 같이 삼촌이 죽기 전까지 살던
집으로 갔다. 그곳은 우리들이 중고등학교 시절을 보낸 추억의
장소이기도 하다. 진철이 형과 함께 남한에 첫발을 디뎌 모든 것이
낯설고 힘들었을 때 '가족'이라는 이름으로 우리 형제를 맞아 주고
따뜻하게 보살펴 준 바로 그곳.

'끼익'

철문이 요란한 소리를 내며 열리자, 20년 전 그때로 돌아가는 듯한
묘한 기분에 휩싸인다. 안으로 들어서니 마치 삼촌이 신발도 신지
않은 채 "옥철아" 하고 외치며 달려 나올 것만 같은 느낌에 내
심장은 두근거렸다.

"야, 우리 여기 마당에서 키우던 고추에 거름 준다고 다 같이 오줌
 눴던 거 기억 나냐?"
"삼촌한테 엄청 혼났잖아."
"그거 딸 때 엄청 찜찜했어."
"결국 다 우리 입속으로 들어간 건 알지?"

함께 했던 사소한 일들조차 시간이 흐른 뒤 생각해 보니 모두
즐거운 추억이었다.

집 안 가장 눈에 띄는 곳에 가족사진이 걸려 있다. 아직까지도
곳곳에 사진이며 우리가 그린 그림들이 놓여 있다.

"이야, 이 형은 아직도 못생겼네."

하룡이가 원혁이의 자화상을 보며 말했다. 그림은 예전 그대로 방
안 한쪽 면을 꽉 채우고 있었다.

"여긴 2층 침대도 그대로다."
"그러게. 그 방이 하룡이랑 진범이 너네 방이었잖아."
"룸메이트 사이에 치고 박고 삼촌이 엄청 좋아하겠다."
"우리 그 얘기는 그만하자."

우리는 예전 기억을 떠올리며 집 안 구석구석을 둘러봤다. 2층으로
연결된 계단에는 가족이 함께 했던 미술전시회, 음악회, 뮤지컬,
영화 포스터들이 쭉 걸려 있었다.

"여기도 그대로네. 짱구 정주영, 너 여기서 굴러서 얼굴에
스크래치 났었잖아."
"그런 건 기억하지 마라. 형아."

삼촌을 보낸 슬픔이 어느덧 흐릿해지고 우리들은 제각각 향수에
젖어 집 안 구석구석을 훑었다. 그때 나의 눈을 사로잡은 것이
하나 있었다.

"얘들아, 여기 물고기가 아직 살아 있어!"

"이게 그때 그놈이 맞을까?"

"야, 정신 나간 놈아! 물고기 수명이 그렇게 기냐?"

20년 전 작은 어항에 담겨 우리 집으로 왔던 물고기인지 아닌지 알수는 없지만 어쨌든 물고기는 살아서 우리를 반기고 있다. 이곳은 20년 전이나 지금이나 달라진 것이 없었다.

"원일이 형, 진짜 물고기 잘 잡았었는데. 그치?"

"기억난다. 송어축제였나?"

"맞아. 맞아. 원일이 혼자 스무 마리도 넘게 잡았잖아. 그래서
 원일이 주위에 물고기가 많은 줄 알고 사람들이 잔뜩 몰렸다가,
 물고기가 지나가는 족족 원일이가 낚아채니까 사람들이 실망하고
 다 가버렸잖아."

"정말 신의 손이었는데."

"그래, 형은 여기서 애들이랑 있을 게 아니라
 바다로 진출해야 해!"

생판 남이었던 우리가 이 집에 모여 함께 살던 20년 전, 우리는 정말 시도 때도 없이 여행을 다녔다. 함경도 바다 인근에 살던

하롱이를 제외하곤 바다 구경을 많이 해 보지 못했던 터라 바다는
동경의 대상이었다. 그래서 삼촌은 늘 아이들이 한 명 한 명 늘
때마다 우리를 바다로 데려가곤 했었다. 강원도 속초 앞바다는
거의 우리의 놀이터였고, 부산, 목포, 제주도 전국팔도 안 가 본
바닷가가 없을 정도였다.

'진철이 형도 바다에 가는 걸 참 좋아했는데….'

지금은 대구에서 영농조합 대표가 되어 있는 진철이 형과 나는
북한에서 샛별이라는 곳에 살았다. 가뭄이 들어 보릿고개를
넘기기가 무척 힘들던 무렵 우리 형제는 끈 하나로 서로의 허리를
묶은 채 두만강을 건넜다. 죽어도 같이 죽고, 살아도 같이 살자는
생각이었다. 다행히 우리는 무사히 남한으로 왔고, 하나원
퇴소를 앞둔 우리 형제에게 하나원 선생님이 삼촌이 우리와
같은 아이들과 함께 가족이 되어 살고 있다는 이 집을 추천해
주었다. 신중하기로는 둘째가라면 서러운 진철이 형은 몇날
며칠을 생각에 잠겼고, 고민 끝에 우리는 이 집에 오게 되었다.
서울의 북적거림을 힘들어하던 진철이 형은 조용한 곳으로 여행
가는 것을 무척이나 좋아했다. 그래서 지금도 형은 서울을 떠나
한적한 시골에 터를 잡고 살고 있다. 잘생긴 외모 덕분에 주위에

좋다는 여자들은 많은 모양인데 결혼은 절대 안 하겠다는 고집은
여전하다.

"우리 다 같이 여행 간 게 몇 년 전이냐? 10년도 넘었을걸?"
"그때잖아. 억철이 형 결혼하고 신혼여행 가는데 삼촌이
 따라간다고 오지랖 부려서 형이 막 화냈었잖아."
"야, 뭘 그런 걸 기억하고 그러냐?"
"형은 그때 삼촌 좀 데려가 주지. 이렇게 갑자기 가버릴 줄도
 모르고…."

눈치 없이 삼촌 얘기를 꺼낸 군성이 때문에 다시 숙연한 분위기가
흘렀다.

"우리 가자. 다 같이 가자, 여행!"

원일이까지 가세하고 나서자 다른 형제들 모두 고개를 끄덕이며
동조했다.

"삼촌도 같이 간다고 생각하고 우리 삼촌 기일 때마다 만나서 같이
 여행 가자. 어때?"

"좋다. 그래. 우리 나중에 후회하지 말고 바로 여행 가자. 다들 갈
수 있지?"
"진범이는 바쁘신 몸인데 갈 수 있겠냐?"
"형, 또 한 판 붙으려고 시비야? 당연히 가족이 먼저지."

모두가 들뜬 마음으로 웃고 있는 가운데, 또다시 군성이가
진지하게 말문을 열었다.

"난 내일 인터뷰가 잡혀서리 어려운데."

우리들은 모두 한마음으로 군성이를 밟으며 외쳤다.

"야이, 강노답! 예전부터 답이 없더니 여전하구나야!"
"장난이야, 장난! 방송국 카메라가 와도 뿌리치고 갈게, 간다고!"

4.

"아빠, 우리 간다고!"

알람 소리도 듣지 못하고 깊은 잠에 빠져 본 것이 얼마 만인지,
억철은 딸이 흔들어 깨우자 그제야 잠에서 깨어났다.

"엄마가 아빠 좋아하는 된장찌개 끓여 났어. 얼른 먹고 또 집
 지으러 가야지."

억철은 생생하게 남아 있는 꿈의 잔상들을 떨쳐내는 데 꽤 시간이
걸렸다. 눈앞에서 아빠의 모습을 이상하다는 듯 쳐다보고 있는
딸의 퉁퉁 부은 눈이 억철의 눈에 들어오고서야 어젯밤 불같이
화를 냈던 일이 떠올랐다.

"아이고 우리 막내딸, 아빠가 미안하다."
"왜?"

딸은 그새 어젯밤 일을 잊었는지 해맑은 표정이다. 이런 성격은 딱
지 엄마를 닮아 다행이라고 억철은 생각했다. 그리고 자신을 빼다
박은 아들놈이 얼마나 꽁해 있을까 걱정이 됐다.

"여보, 식사 준비 다 됐어요. 얼른 오세요."
"여보, 우리 내일 여행 가는 거 취소하지 말고 그냥 갑시다!"
"아빠 진짜야? 이야!"

딸의 환호성에 이어 얼굴조차 보이지 않던 아들 녀석이 달려 나와
외쳤다.

"진짜 가는 거예요? 진짜죠?"

'이게 얼마 만에 들어 보는 아들의 밝은 목소리인지. 이렇게
 좋아하는데 왜 그걸 못해 줬을까?'

억철은 아들의 목소리를 듣자 가슴이 먹먹해져 왔다.

"근데 아빠, 우리 정릉 할아버지랑 삼촌들이랑
 다 같이 가면 안 돼?"
"그래. 우리 딸 그거 진짜 좋은 생각이다. 안 그래도 아빠가 정릉
 할아버지 목소리가 너무 듣고 싶거든. 지금 바로 전화해 볼까?"

생생해도 너무 생생하게 남아 있는 꿈의 여운 때문인지 억철은

삼촌의 전화번호를 누르는 동안에도 가슴이 두근거렸다.

'진짜 삼촌에게 무슨 일이 있는 건 아닐까?'
'꿈이 아니었던 거면 어떡하지?'
'왜 전화를 안 받는 거야?'

짧은 순간 수많은 생각들이 억철의 머리를 스쳐 지나갔다. 그때
통화연결음이 끊기고 누군가 전화를 받았다.

"억철아."
"… 삼촌…. 고마워요!"

군성이가
들려주는
이야기

강군성 인터뷰

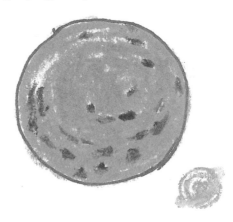

군성이가 들려주는 이야기

> 무사히 한국으로 왔는데
> 오자마자 팔을 다쳤어?

그러니까요.

여기까지 얼마나 힘들게 왔는데

여기 와서 다쳤어요.(웃음)

하나원에서 축구하다가 상대편에 저보다 두 살 어린애 하고, 저랑 동갑인 아이가 있었는데 셋이 같이 헤딩을 하려고 하다가 두 명한테 밀리면서 제가 뒤로 넘어졌어요. 그때 팔을 다쳤어요. 팔이 부러졌는데 숨이 멎는 줄 알았어요. 응급차로 실려 갔는데 그것도 주말이어서 응급차가 없다고 그래서 1시간을 기다렸어요.

> 사고 때문에
> 하나원 생활이
> 악몽 같았겠네?

석 달을 있었는데요. 그래도

국정원에서보다는 괜찮았어요.

거기에서는 방 안에만 있고, 운동장도 나오는 시간이 정해져

있어요. 방송에서 "운동하러 나오세요." 하면 나가요. 그런데

하나원은 안에서 마음대로 다니잖아요.

그냥 궁금했어요. 그런데
국정원에서 일반학교 가면
왕따당하고 그런다는 얘기를
들어서 걱정이 됐어요.

그때 밖으로 나가면
어떻게 살게 될지
생각해 봤어?

그러다가 하나원에 있는 선생님이 저를 불러서 나가면 기숙사
학교를 갈 건지, '가족'이라는 그룹홈이 있는데 거기로 갈 건지
선택을 하라고 했어요. 그때 제가 생각 없이 대답했어요. 그룹홈에
가겠다고요. 왜냐하면 '가족'이라는 이름이 좋았어요. 그러고
나니까 선생님이 '가족'이라는 곳에 대해 설명도 해 줬어요. 새터민
청소년들이 같이 생활하는데
공연도 하고 재미있게 산다고
했어요.

설명으로만 듣다가
실제로 와서 보니까
어땠어?

처음에 왔을 때 분위기 정말 좋았어요. 제가 2014년 1월에 왔는데
그때 방학이니까 형들도 다 있었고, 마침 'THO(또)'라는 외국인
친구도 와 있었어요. 형들이 매년 태국으로 봉사활동을 가는데
거기서 만난 친구를 한국으로 초청한 거래요. 형들도 다들

잘해줘서 좋긴 했는데 적응이 쉽지는 않았어요. 처음에 잠자려고
누웠는데 잠이 안 왔어요. 새벽 한두 시까지 잠을 못 잤어요.
집 생각도 나고 여러 가지 생각이 났어요. 처음에는 그랬는데
형들하고 대화도 잘 되고, 장난치면 잘 받아 주고 그러니까 점점
편해졌어요. 여기 와서 제일 처음 대화한 게 원일이 형이었어요.
그때 집 2층에 원일이 형이 있었는데 제가 "진짜 학교 가면 왕따가
있어?"라고 물어봤어요. 그랬더니 왕따 별로 없대요. 자기가
잘하면 된대요.

그리고 신기한 게 주영이라고 우리 집 막내가 있는데요.
주영이는 태국에서부터 만난 사이예요. 태국에서 같이 있다가
저보다 일주일 정도 먼저 주영이가 갔어요. 방콕수용소에서부터
만났는데 사실 그때는 저도 긴장하고 그래서 주영이가 눈에 잘
안 들어왔어요. 그냥 어린애가 있으니까 있나 보다 했지요. 두
번째로 만난 건 국정원에서였는데 그때는 장난도 치고 그랬어요.
그리고 또 하나원에서 만났어요. 그런데 제가 하나원에서 나올
때 선생님이 '가족'이라는 집에 가면 주영이가 있으니까 가위를
갖다주라고 했어요. 이 집에 처음 왔는데 또 주영이가 있으니까
그래도 마음이 좀 편하기는 했어요. 뭐 찾을 거 있으면 주영이한테
물어보고.

주영이를 보면 북한에 있는
동생들 생각나요. 양엄마가 낳은
일곱 살짜리 동생도 있고, 친동생도
있어요. 가족사진을 하나도 못 챙겨
온 게 아쉬워요. 친동생이 할머니랑

주영이랑 특별한
인연이 있는 거네?

둘이 살고 있는데 한국에 되게 오고 싶어해요. 그런데 요즘은
오기가 정말 힘든 것 같아요. 언젠가 다시 만날 수 있을 거라고
생각하는데 그때는 동생이 제 얼굴을 모를 거 같아요. 저는 기억이
나는데.

군성이는 어떻게
한국에 오게 됐어?

처음부터 한국으로 올 생각은 아니었어요.
물론 한국에 가고 싶다는 생각은 했었죠. 저희 집이 중국이랑
굉장히 가까웠어요. 창문으로 보면 다 보일 정도로요. 고모
심부름으로 중국에 왔다가 다시 돌아갈 수 없게 된 거예요.
중국에서 한 달 보름을 있었는데 집이 보이는데도 갈 수가
없었어요. 그런데 그때 집에 가고 싶은 생각도 있었지만
한편으로는 한국으로 가고 싶다는 생각도 했어요.
제가 중국에서 있던 집에 북한사람들이 많이 왔다가 한국으로
갔거든요. 그 사람들을 보면서 나도 가야겠다는 생각을 했어요.

잘한 것 같아요.
북한 말고 다른 세상에 가
보고 싶었거든요. 여기 와서
처음에는 이유를 알 수 없이
불안하기도 했어요. 그런데

지금은 집으로 돌아가지
않고 한국으로 온 선택에
대해 어떻게 생각해?

지금은 좋아요. 가장 좋은 건 먹는 거예요. 한국에 와서 여행도
많이 다녀 봤는데요, 집밥이 더 맛있었어요. 삼촌이 해 주는
음식이 더 맛있어요.(웃음)

1년 정도 함께
지내면서 가장 좋았던
때는 언제야?

대구에 갔을 때 좋았어요.
제가 이 집에 온 지 얼마 안 됐을
때인데 설날이라고 여기 식구들이 다 같이 대구에 큰어머니 댁에
갔어요. 거기는 삼촌 부모님 댁인데, 갔더니 저희를 친자식처럼
맞아 주셨어요. 그게 좋았어요.

전시회 하고 음악회
준비하는 거 보면
힘들 것 같긴 해요.
저는 노래를 듣는 건
좋아해도 잘 부르지는
못하거든요.
그래도 풍금이나 기타는 배워 보고 싶어요.

형들이나 동생들 보면
전시회도 하고, 음악회도 열고
하고 그러잖아? 군성이도 뭐
배우고 싶은 거 있어?

풍금? ^_^

(피아노를 가리키며) 아니, 저기 있는
저거요. 피아노. 북한에서는 풍금이라고
불러요.(웃음) 기타는 북한에 있을 때도 배우고 싶었어요.
배우지는 못했는데 조금 쳐 보긴 했어요. 아빠가 기타를 엄청 잘
치셨어요. 그리고 집에 전기 피아노도 있었어요.

전기 피아노도 있었어?
집에 전기 피아노가 있을 정도면
꽤 잘살았던 거지?

북한에 보면 바퀴가 세
개 달린 오토바이가
있어요. 아빠가 그걸로 사람 태우고 돈 받고 해서 잘살았어요.
사과도 남들이 못 먹을 때 박스째 놓고 먹었거든요. 아빠가
살아계실 때까지는 그랬어요.

삼촌이랑 형들이
영화나 TV에 나오는
거 보고 어땠어?

저도 영화에 나오고
싶었어요. 영화 보면 배우들 멋있잖아요. 저도 그렇게 멋지게
나오고 싶어요. 노래를 못하니까 가수 이런 건 못 할 거 같은데,
배우나 탤런트 이런 거는 한번 해 보고 싶어요. 그런데 저는 정말
음악 듣는 거 좋아해요. 특히 힙합을 좋아하는데, 처음 들었을
때는 '이런 거를 왜 듣지?', '이걸 어떻게 알아들어?' 그런 생각을

했어요. 그런데 학교에 가니까 애들이 많이 듣더라고요. 저도
그때부터 듣기 시작했는데 지금은 재미있어요. 사실 저요, 북한에
있을 때 저한테 USB 메모리가 두 개 있었거든요. 메모리칩에
한국노래 엄청 많았어요. 좀 오래된 노래들인데 캔이 부른
'가라가라'랑 안재욱이 부른 '친구' 그런 노래들을 많이 들었어요.
친구들이 모여서 놀 때면 한국노래 틀어 놓고 춤추고 놀았어요.
한국노래 듣다가 들키면 추방되고 그러니까 문 다 걸어 놓고
산골짜기 같은 데 있는 조용한 집에서 놀아요.

> 그런 USB 메모리칩은
> 어디에서 구한 거야?

중국에 있는 친척들이 옷가지들을 박스에 넣어서 많이 보내요.
그럴 때 보면 꼭 USB 같은 것을 넣어 줘요. CD도 있고 그래요.
저희 고모가 그런 거 먼저 받으면 USB나 CD 이런 거는 꼭 저를 다
줬어요. 그래서 저 한국 드라마랑 영화도 많이 봤어요. 드라마는
'천국의 계단'이랑 '남자의 향기' 같은 거 봤고, 영화 '괴물'노
봤어요. 그런데 그거는 중국말로 하고 한글자막 나왔어요.

삼촌한테 혼난 적 있어?

제가 여기 온 지 한 달인가 됐을 때, 2층에서 게임을 새벽까지 해서 혼났어요. 그때 게임에 완전 빠졌을 때예요. 2월이었는데 삼촌이 화가 나서 1층으로 내려오지 말라고 그랬어요. 그래서 이불도 없이 2층에서 잤어요.

한 달밖에 안 됐을 때인데 삼촌 화난 거 보고 무서웠겠네?

네. 완전 긴장했어요. '삼촌이 하지 말라는 걸 왜 했을까?' 반성도 많이 했어요. 삼촌이 얼마나 잘 해 주는데. 평소에는 무섭지 않거든요. 여기 와서 삼촌이 하는 걸 보고 대단하다는 생각이 들었어요. 아침이면 밥 해 주고, 빨래도 하고 그러니까 엄마, 아빠 같은 느낌이 들어요.

네. 많이 적응한 것 같아요.
집에서 형들이 많이 도와주니까
힘든 건 없었어요.

이제 완전히
적응된 것 같아?

그럼 학교생활은 어때?

처음 학교에 갔을 때 급식 먹는 게 신기했어요. 북한에서는
1시쯤에 집에 가서 밥 먹고 과외하는 애들은 학교에 가서 과외하고
저는 축구반이었으니까 3시쯤 다시 학교에 가서 연습했어요.
학교에서 밥을 주는 게 이상하고 신기했어요. 그런데 제일
적응하기 힘든 건 공부예요. 1월에 하나원에서 나와서 3월에
바로 중학교 3학년으로 들어갔는데, 처음 본 시험이 중요한
시험이었어요. 그 시험을 못 보면 고등학교에 못 간다고 했거든요.
그때 뭔가 불안했어요. 여기서 고등학교 못 가고 중졸이면 커서
아무것도 할 수 없다는 얘기를 들었어요. 북한에서는 중졸이어도
할 일이 많은데 말이에요. 북한에 있을 때는 제 친구들 중에 학교

안 가고 노는 애들 엄청 많았어요. 처음 시험 볼 때 OMR 카드라는 걸 처음 봤으니까 뭐 점수는…. 그래도 기말고사 때는 열심히 해야겠다는 마음으로 공부했는데 그게 잘 안 됐어요. 그런데 그런 말 많이 들었어요. 공부가 인생의 전부가 아니라고. 자기가 하고 싶은 일을 하면서 살아야 행복하대요.

그럼 군성이는 하고 싶은 일이 있어?

　　　　　　　　　　　　　　　　고등학교 가서 생각해 보려고요. 일단은 농업고등학교에 가서 농사 쪽으로 가 보려고요. 그건 북한에서도 많이 해 봐서리 잘해요. 저희 외할아버지가 땅을 많이 가지고 있어서 자주 도와드렸거든요.

저번에 학교에 군인들이 와서
공연을 했어요. 근데 거기에
북한에서는 자기 자식을
100원에 판다는 내용이
나오는 거예요. 세상에 자기

여기 살면서 북한에 대해 들었던 가장 황당한 얘기 있어?

자식을 파는 부모가 어디 있어요? 북한에도 그런 건 없어요.
자식은 북한에서도 소중하게 여기거든요. 부모가 밥 못 먹어도
자식한테 먼저 먹이거든요. 왜 잘 알지도 못하면서 그런 이야기를
하는지 모르겠어요.

저희 부모님 돌아가시고 할머니가 저랑 동생을 키워 주셨어요.
아무리 어려워도 정말 귀하게 키워 주셨어요. 특히 저는 집안
장손이라서 더 그랬어요. 제가 우리 집 제사도 다 드려야
하는데…. 며칠 전이 아빠 기일이었어요. 그때 기분이 하루
종일 이상했어요. 여기서도 제가 할 수만 있으면 제사 같은 거
드리고 싶어요. 앞으로는 부모님이 좋아하시던 음식 하나만 차려
놓고라도 제사 지내야겠어요. 마지막으로 할머니한테 한마디
하고 싶어요. 할머니가 제 얘기하면 만날 운다고 전해 들었어요.
죽기 전에 군성이 볼 수 있을지 모르겠다고 하셨대요. 할머니!
건강하세요. 할머니랑 동생이랑 우리 식구들 다 모여서 행복하게
살 날이 꼭 올 거예요 🔴

이 도서의 국립중앙도서관 출판예정도서목록(CIP)은
서지정보유통지원시스템 홈페이지(http://seoji.nl.go.kr)와
국가자료공동목록시스템(http://www.nl.go.kr/kolisnet)에서 이용하실 수 있습니다.
(CIP제어번호 : CIP2014032123)